ジャンプ! ジャンプ!
ジャンプ!!

イノウエミホコ
絵・またよし

ジャンプ! ジャンプ! ジャンプ!!

ポプラ社

contents

1 ロケット花火シュート

桜《さくら》の花びらが舞《ま》う、校門前。
あたしは、大きくゆっくりと深呼吸《しんこきゅう》をした。
今日《きょう》から、この小学校へ通うのか……。
「よしっ」
顔にかかった髪《かみ》を耳にかけて、目の前の坂道をかけあがる。
校庭についたとたん風が吹《ふ》いて、桜の木がザザーッとゆれた。
顔にはりついた花びらをはらいのけたら、右の方で何かが動いたんだ。
背《せ》がすらりと高くて手足の長い子が、バスケットゴールの前にいた。
腰《こし》をかがめながら、両手でボールを地面にはずませてる。

登校時間の前だから、誰《だれ》もいないと思ってたんだけど……。

突然《とつぜん》、その子がジャンプした。

重力なんて関係ないみたいに、ふわっと軽やかに。

しなやかに腕《うで》をのばしながら、まっすぐ青空へ飛ぶ。

ジャンプした体が、いっしゅん空中で止まる。

手からはなれていったボールが、すいこまれるようにリングの中に落ちていった。

何あれ、すごい！　まるで、ほら……。

「ロケット花火！」

あたしの声に、その子がパッとふりむいた。

「あすかーっ、何してるの。行くわよ！」

後ろからお母さんの声。妹のみやびに手をひっぱられながら、あたしはその子から目がはなせなかった。

職員室《しょくいんしつ》に行っても、さっき見たシュート姿《すがた》が頭からはなれない。もうっ、あたしのバカッ。なんですぐ名前を聞かなかったんだよっ。

そんなことをぐるぐると考えてたんだけど……。

これってまさに、運命じゃない⁉

六年生の教室で自己紹介《じこしょうかい》を終えて、あたしは今、窓側《まどがわ》のいちばん後ろにすわっている。

となりの席には、ベリーショートヘアの女の子。

それが、ロケット花火シュートの子だったんだ！

始業式のために、みんなで体育館へ移動する。あたしは廊下《ろうか》を歩きながら、さっそくその子に話しかけた。

「ねえ、あのシュートなんていうの？　ほら、空中でパッと止まって投げるやつ」

口を閉じたまま、その子が視線《しせん》を下にむけた。うわ、ほんとうに背《せ》が高いな。あたしが百五十四センチだから、百六十センチ以上あるよね⁉

「さっき、校庭で会ったんだけどな。あたし、笹川《ささがわ》……」

「教室で聞いた」

ちょっと低めのハスキーボイス。なんかこの子、カッコいい！

「あ、そっか。じゃあ、あなたは？」

見上げたまま聞いてみる。

「……高崎《たかさき》レイ」

「おぉ、名前までカッコいいんだね。レイか、高崎さんにあってる！」

「ジャンプシュート」

前をむいて歩きながら、高崎さんがつぶやいた。

「へぇ、ジャンプシュートっていうんだ。ねえ、どうやったらあんなふうに、空中で止まってシュートできるの？」

しばらく無言《むごん》で歩いてた高崎さんが、チラッと視線《しせん》をあたしにむけた。

「ミニバスやったことないでしょ」

ん？　ミニバスって、バスケのことだよね。

「うん、ないよ」

「じゃあ、やり方聞いても意味ない」

高崎さんがすぐにそういった。

何、こんなふうにいうってことは……。

「もしかして、秘密《ひみつ》？」

高崎さんが「は？」といって、眉間《みけん》にシワをよせながら、ジッとあたしを見た。

「ほら、すごい技《わざ》だから」

そういったとたん、誰《だれ》かが「ぶっ」って吹《ふ》きだす声が聞こえた。ふりむいたら、口をおさえた坊主頭《ぼうずあたま》の男子が後ろにいたんだ。

「ご、ごめん。つい……」

男子はそういうと、口に手をやったまま前の方へ行ってしまった。なんなの、あいつ。

てか、そんなことより！

「高崎さんはさ、ミニバスのクラブに入ってるの？」

そう聞いたけど返事がない。あれ、聞こえなかったのかな？

「ねえ、高崎さんってクラブに入って……」

「だったら何」

前をむいたまま、高崎さんが答えた。

「今日《きょう》って半日だけど、もしかして午後から練習あるとか？」

高崎《たかさき》さんが無言《むごん》のまま小さくうなずく。

「見にいく！」

そういったとたん、高崎さんがまた「は？」といってあたしを見た。

「ねえ、何時からどこでやるの？」

「……二時から、体育館」

「了解《りょうかい》、ぜったい行くからね！」

あたしは高崎さんにむかって、親指をグイッとあげた。

2

ミニバスを初見学

家で昼ごはんを食べたあと、ちょっとはやめに体育館へむかった。

ロケット花火、じゃなかった。ジャンプシュートがまた見られる！

そんなことを考えながら歩いてたら、あっというまに体育館についた。

開けっぱなしの扉《とびら》から、中をのぞいてみる。

バンバンとボールの音がひびく中、数人の女の子たちがシュート練習をしていた。

高崎《たかさき》さんをさがしたら、何やら入れ物からボールを出しているところだった。やった、いいタイミングで来たぞ！

顔をあげた高崎さんと目があった。小さく手をふったけど、かえしてはくれなかった。

まあ、ボール持ってたしね。

ついに高崎《たかさき》さんが、ゴールにむかってボールをかまえた。

さあ、いよいよジャンプシュート……あれ？　ほかの子と同じようなシュートしてる⁉

えーっ。あたし、ジャンプシュート見にきたんだけど！

「集合──っ」

突然《とつぜん》、後ろから女の人の声。あっ、担任《たんにん》の宮本《みやもと》先生じゃん！

「笹川《ささがわ》さん、見学に来たんだね。ほら、中に入って。あそこからの方がよく見えるよ」

先生はそういって、舞台《ぶたい》の方を指さした。あたしはいわれるままそこに行くと、体操《たいそう》ずわりで練習を見はじめた。

準備体操《じゅんびたいそう》のあと、みんなが体育館の中を走りだす。何周もまわってようやく終わったと思ったら、すぐつぎの練習がスタートした。

三か所にわかれて走りながらパスしたり、ドリブルしながらその場でくるっとまわってまたドリブルしたり。はじめて見る動きばっかりで、すごくおもしろい。

そして、どの練習でもダントツにうまいのは高崎さんだった。

ドリブルにしろパスにしろ、動きがはやくて力強くて、全部カッコがきまってた。

「おつかれー」

先生がさけぶ。見ると、体操服姿《すがた》の男子たちが体育館に入ってきた。

「みんなー、サッカークラブの男子が来たよー」

今度は、コートにむかって先生がさけんだ。

ん？　サッカークラブの男子と何するんだろう。

そう思って見てたら、ひとりの男子と目があった。ん？　あの坊主頭《ぼうずあたま》って……。やっぱり！　さっき廊下《ろうか》で吹《ふ》きだしたやつだっ。あたしと目があうと、ニッと笑った。何なのよ、いったい！

男子たちがコートのすみでストレッチをはじめる。そのうち、男子たちが番号つきの黄色いランニングを着だした。高崎さんたち女子は赤色だ。

もしかしてこれ、男子対女子で試合《しあい》をするってこと？

ピーッと、ホイッスルがなる。

コートのまん中のラインをはさんで、高崎さんが男子とむかいあった。間に立っていた先生が、ボールを上に投げる。

ふたりが同時にジャンプした。高崎《たかさき》さんの手が、男子のはるか上でボールにふれる。

ピッとはたき落とされたボールが、ポニーテールの女子の前に落ちた。みんながいっせいに走りだす。

ポニーテールの子が、前を走ってた背《せ》の高い女の子にパスをした。その子がドリブルでゴールにむかう。その時、ふっとみんなの中から誰《だれ》かが飛びだした。高崎さんだ！

はやい！

背の高い子が高崎さんにパスをした。ボールをキャッチした高崎さんがドリブルする。

何あれっ、まるで手がボールにくっついてるみたい！

ゴールの前でジャンプする。片方《かたほう》の足が九十度に曲がって、片手《かたて》がすっと下からのびた。すごい勢《いきお》いでジャンプしたのに、手からはなれたボールはふわっと上がってネットの中をまっすぐ通過《つうか》した。

「ナイシュユーッ」

コートの外で見ていた女の子たちが、いっせいにさけぶ。へぇー、そうやっていうんだ。

「ナイシューッ」

さけんだとたん、高崎さんがチラッとこっちを見る。あたしは笑顔で思いっきり両手をふった。

「どう笹川《ささがわ》さん、練習を見た感想は？」

試合《しあい》が終わってシュート練習がはじまると、宮本《みやもと》先生がそばに来た。

「おもしろかった！　自分も、みんなみたいにミニバスできたらなって」

「そっか。あのね、人はやりたいって思ったことは実現《じつげん》できるんだよ。でも、思ってるだけじゃだめだな。どうすればいいと思う？」

先生が顔をのぞきこんできた。

「えーっと……あ、練習？」

「そう、正解《せいかい》」

先生はそういって、あたしの頭をくしゃっとなでた。

「じゃあ、これからいっしょにがんばろう」

「はいっ。ん?」

「みんなー、笹川《ささがわ》さんがクラブに入るってーっ」

いきなり先生がさけんだ。みんなの視線《しせん》が一気に集まる。

「えっ! でもあたし、ミニバスやったことない……」

……よしっ。

その時、遠くに立っていた高崎《たかさき》さんと目があった。

「よろしくお願いしますっ」

気づいたら、そうさけんでる自分がいた。

3

あたしの才能《さいのう》

練習のあと、かたづけが終わったのを見計らって、バッシュをぬいでる高崎《たかさき》さんのところへ行った。

「もう、すっごくカッコよかったよーっ」

高崎さんがゆっくりと顔を上げた。

「でも、なんでジャンプシュートしなかったの？　あたし、あのシュートが見たかったんだけどな」

「自分でやれば？」

バッシュを袋《ふくろ》に入れながら高崎さんがいった。

「えっ、できるの⁉」

あたしは自分がカッコよくジャンプシュートしている姿《すがた》を想像《そうぞう》して、思わず顔がにやけた。その時、高崎《たかさき》さんが足もとに置いてあったボールを入れ物にしまいだした。何気なくボールを見たら、表面に〝ＲＥＩ〟と英語が刻印《こくいん》されていた。

アール・イー……あ、レイだ！

ボールにネーム加工してるんだ！

てことはこれ、自分のボールなの？

しかもそのまわりに、黒マジックでたくさん文字が書かれてる。えーっと、レイがんばれ……また会お……。あたしの視線《しせん》に気づいた高崎さんが、さっとボールを取ってボール入れの中にしまいこんだ。

「笹川《ささがわ》さん」

後ろから名前を呼《よ》ばれた。ふりむくとふたりの女子が立っていた。

「わたし、里中《さとなか》マコっていうんだ。クラスメイトだよ」

あ、この子はポニーテールの子だ。

「わたしも同じクラスだよ。白松《しらまつ》カオル、よろしくね」

おっ、こっちの子は高崎《たかさき》さんのつぎに背《せ》が高い子だな。

「こっちこそ、よろしく。白松《しらまつ》さん」

「呼《よ》び捨《す》てでいいよ」

「わたしはマコで。みんなそう呼ぶから」

「あたしのことは、あすかって呼んで！」

一気になかよくなれた気がして、ニコニコしてしまう。

「ねえ、あすかんちってどこ？」

マコが聞いてきた。あたしが下郷《しもごう》だと答えたら、

「じゃあ、うちらといっしょに帰ろうよ」

と、マコがすぐにいってくれた。

「うん！　マコたちのうちはどこ？　あたしの家と同じ方向？」

「わたしたちは藤《ふじ》の坂《さか》。あすかんちとは、ちょっと方向がちがうんだけど」

「へぇ。高崎さんは？」

聞こえなかったのか、高崎さんは無言《むごん》のままだった。

「中郷《なかごう》だよね」

白松がチラッと高崎さんを見ながらいった。

「おっ、名前が似《に》てる。もしかしてうちと同じ方向？　じゃあ高崎さんもいっしょに帰ろうよ」

「急いでるから」

荷物をしまいおわった高崎さんが、サッと立ちあがった。

「そっか。じゃあまた明日《あした》ね」

あたしの言葉に答えないまま、高崎さんは扉《とびら》の方へ歩いていった。


マコと白松の三人で、車がほとんど通らない通学路を歩く。

あたしたちのほかに歩いている人もいないからしずかでいいけど、ひとりで帰るのはちょっとさみしい感じ。高崎さんはそういうの平気なのかな……。

「あすか、練習終わってすぐ高崎さんに話しかけてたね」

突然《とつぜん》マコが聞いてきた。

「あ、うん。練習のこと教えてくれたの、高崎《たかさき》さんだからさ」

「いつ聞いたの?」

「始業式で、体育館に移動《いどう》する時」

マコは、「ああ、あの時……」といいながら、じっとあたしを見た。

「あすかはさ、高崎さんのことどう思う?」

え、何いきなり。

「どうっていわれてもな……。まだ、そんなにしゃべってないし」

「じゃあ、練習とか見てて、なんか思った?」

「そりゃーやっぱりうまいって思ったよ。ドリブルでバンバン男子を抜《ぬ》いて、シュートもバシバシ決めてたしさ。見ててスカッとしたよ!」

「あんな強引なシュート、全然いいプレーじゃないから」

マコが強い口調《くちょう》でいった。

「え、どういうこと?」

「ミニバスってチームプレーなんだよ。いくらシュート決めても、まわりをちゃんと見ることができないのはよくないと思う」

マコはムッとした顔で、歩きながら道ばたの草をブチッとひきぬいた。そんなマコを白松《しらまつ》が無言《むごん》で見つめてる。マコのいってることはよくわからないけど、へんな雰囲気《ふんいき》になっちゃったってのはわかる……あ、そうだ！

「ねえ、それって自分のボール？」

あたしはマコが肩《かた》からかけてるブルーの入れ物を指さした。

「そうだよ、マイボール。学校にあるから買わなくていいんだけど、わたしと白松は持ってるんだ。ボールがあると、自主練ができるからさ」

「見せて！」

ふたりはすぐに入れ物を開けて中を見せてくれた。マコと白松のボールにも、やっぱり英語でネーム加工がしてあった。

「うわ白松、カオルじゃなくて苗字《みょうじ》で入れてるの？」

ボールを手にとってまじまじと見た。

「だってカオルより、白松の方がなじみがあるんだよ」

白松《しらまつ》が笑いながらいった。あたしは白松のボールをぐるぐるまわしてよく見た。だけど、高崎《たかさき》さんみたいにマジックで書かれた文字はなかった。

「何さがしてんの?」

「いや、その……ほかに文字とか書いてないのかなって思って」

「あ……高崎さんのボール?」

白松がいったとたん、マコがあたしの手をとって両手でぎゅっとにぎりしめた。

「そんな話よりさ、わたしたちあすかがクラブに入ってくれて、ほんとうにうれしいんだ」

真剣《しんけん》な顔であたしを見るマコ。

「ミニバスははじめてなんでしょ? わからないことがあったら、何でもうちらに聞いてね。いっしょに練習して、いっしょにうまくなろうよ!」

やさしい言葉を聞いて、あたしのテンションが一気に上がる。

「うんっ。よろしくね」

あたしは思いっきり笑顔で答えた。

「ミニバスケットボールやることになった」

夕ごはんのとき、さっそく家族に今日《きょう》のことを話した。

「えっ。もう、クラブに入ったってこと？」

妹のみやびがポカンと口を開けて、あたしを見る。

「あんたも入りたい？　三年生もオッケーか、マコたちに聞こうか？」

「いいよわたしは。ていうかお姉ちゃん、もう友だちできたんだ」

みやびの言葉に、あたしはダブルピースでこたえた。

「でね、みんなマイボールっての持ってんの。あたしもほしい！」

まー、みんなってのはウソだけどその方が効果的《こうかてき》かなと。

で、あたしがそういったとたん、

「いらちやなーあすかは。まー、ボールもタダやないし、ちょっとようす見やな」

お父さんが、缶《かん》ビールをあけながらいった。ちなみに〝いらち〟というのは大阪弁《おおさかべん》で
せっかちのこと。うちでは、お父さんだけが大阪弁だ。生まれも育ちも大阪だからなん

だけど、会社に就職《しゅうしょく》してからは大阪《おおさか》に住んでない。なのに、言葉はずっとそのままなんだ。

「えーっ、買ってよー。あたし絶対《ぜったい》がんばるし！」

「まーでもバスケやるんはいいんちゃう。カッコええし」

「カッコいいといえばさ、すっごい子がいるよ。ジャンプシュートができるんだ。高崎《たかさき》さんっていってさ」

「ジャンプシュートって何？」

みやびがすぐに聞いてきた。

「ジャンプしたあとに、いっしゅん空中で止まってからシュートすんの！　とにかくカッコいいんだって！」

「そんなすごいシュートする人と練習するの？　ますますお姉ちゃん、大丈夫《だいじょうぶ》？」

みやびが心配そうな顔であたしを見る。

「まあ、たしかにあたし、運動は得意《とくい》じゃないけどね」

「毎日練習するの？」

「ううん、火曜と木曜だけ。まあ、週二回ならなんとかなるかなーって」

「せやな。二回なら、あすかでもなんとかなるかなーっ」

お父さんが笑いながら、親指をグイッと立てる。

「ちょっと、そーゆー納得《なっとく》しないでよ」

「でも、とにかくあすかは、やってみたいんでしょ?」

ムッとしてるあたしの横から、お母さんがいった。

「うん! あたし、高崎さんみたいなジャンプシュートがしたいんだ」

「目標《もくひょう》が決まってるなら大丈夫よ。きっとできるようになるわ」

お母さんがニッコリと笑う。

「そうそう、できるっていわれたんだよ。それも、高崎さんに!」

「そらそーやろ。あすかは、才能《さいのう》あるからな」

いきなりお父さんがそんなことをいった。

「うそっ。もしかして、かくされた運動神経《しんけい》があるとか⁉」

あたしが聞くと、お父さんはビールをぐびっと飲んで、

「それはな、勢《いきお》いや」

と、まじめな顔でいった。

は？　なんすか、それ。

「勢いは大切なんやで。あとさき気にせず動けるパワーっちゅうんかな」

「……てか、それのどこが才能《さいのう》なのさ。運動神経《しんけい》と関係ないじゃん」

あたしはそういって、目の前のハンバーグをほおばった。

「いやいや。りっぱな才能やって。そのうちわかるわ」

お父さんがニヤリと笑った。

4

ボールハンドリング？

つぎの朝。教室に入ったら、高崎《たかさき》さんは席で本を読んでいた。

あいさつしたら、本から目をはなさないまま、「おはよう」といった。ちらっと表紙を見たら、『試合《しあい》に勝つメンタルを育てる！　バスケット練習法』と書かれていた。しかもミニバスじゃないから、表紙の写真もおとなの選手がうつっている。

すごいな、読書までバスケの本を読んでるんだ……。

「あすか、おはよー」

声がする方を見たら、マコと白松《しらまつ》がこっちに歩いてきていた。

「あれ、マコってば、笹川《ささがわ》さんのことあすかって呼《よ》んでるの？」

近くにいた女の子が、そういってふりむく。マコがその子に昨日《きのう》のことを説明《せつめい》してたら、クラスの女子たちがぞくぞくと集まってきた。

前の学校のことなんかを聞かれてる間に、高崎《たかさき》さんがスッと立ちあがって、本を持ったまま出ていってしまった。

「うーん、やっぱり迫力《はくりょく》あるな」

誰《だれ》かがつぶやく。でもその顔はこわがってるっていうより、あこがれの人でも見るような顔だった。

「高崎さんって背《せ》高いよね」

あたしの言葉に、白松《しらまつ》がすぐに反応《はんのう》した。

「百六十四センチ。わたしより六センチも高いんだ」

白松がそういうと、みんなは口ぐちに「高崎さんは別格《べっかく》」といって、またあれこれとしゃべりだした。

「ねえ。なんでさっき、いなくなっちゃったの？」

一時間目が終わったあと、高崎さんに聞いてみた。

「本に集中したかったから」

高崎さんが、平然とした顔でいった。

「あ、ごめん。うるさかった？」

「べつに、あやまらなくていい」

「今度はいっしょにしゃべろうよ！」

高崎さんがまじまじとあたしの顔を見る。

「……話すことないけど」

「またまたー。でも大丈夫《だいじょうぶ》だよ。あたし人の話聞くの、けっこう得意《とくい》なんだ」

そういったとたん、なぜか高崎さんの眉間《みけん》にシワがよった。

「えっ、何その顔！　何で⁉」

その時、前の席から「ブブッ」と吹《ふ》きだす音が聞こえた。ふりむいたのは、見おぼえのある坊主頭《ぼうずあたま》の男子。こいつ、昨日《きのう》もあたしを見て笑ったし！　てか、誰《だれ》だよおまえはっ。

「オレは科野《しなの》ジュンヤ。みんなは、しなじゅんって呼《よ》ぶかな」

そういいながら、まだニヤついてる。

「だから、何がおかしいのよっ」

あたしは、思いっきりしなじゅんの肩《かた》をおした。

「あ、ごめんごめん。いやー何ていうか、よかったなって思ってさ」

しなじゅんが高崎《たかさき》さんを見た。

高崎さんはふっと顔をそむけたまま、何もいわなかった。


「あすか、今日《きょう》なんだけど予定ある？」

帰りの会のあと、用具をしまってたらマコがきた。後ろに白松《しらまつ》もいる。

「べつにないよ。ていうか今日は水曜日だから、練習はないんだよね？」

「クラブの練習はないんだけど、わたしと白松で月、水、金はシュート練習とかやってるんだ。よかったら、いっしょにやらないかなって」

マコがそういってニコッと笑った。うわっ、シュート練習！

「やる！　てことは、体育館は開いてるんだ」

「開いてないんだけど、校庭にゴールがあるから」

ああ、高崎《たかさき》さんがジャンプシュートしてたあのゴールね。って、あれ？

「高崎さんはやらないの？」

あたしはそういって、高崎さんを見た。

「用事あるから」

それだけいうと、さっさと荷物を持って教室から出ていってしまった。

「高崎さんは、クラブでしかわたしたちと練習しないんだよね」

なぜだか白松が、気まずそうな顔であたしを見る。

「何で？」

白松の視線《しせん》がスッとマコの方へむいた。

「やる気がないんだよ」

マコが無表情《むひょうじょう》な顔でいった。でも、そのあとすぐに笑顔になって、「さ、行こう！」

と、あたしの腕《うで》をひっぱった。

校庭につくと、マコたちはすぐにストレッチをはじめた。

「まずはランニング五周からね。あすかははじめてだから、むりしないで」

屈伸《くっしん》しながら、マコがいった。

あたしも屈伸しながら、「はいっ」と、はりきって答えた。

さっそうと走りだすふたりといっしょになって走る。

でも、一周目のとちゅうからどんどんおくれだして、後ろから走って来た白松《しらまつ》が「三周でいいよ」といった。あたしはうなずくと、また遠くなっていくふたりの背中《せなか》を、息もたえだえに見つめていた。

「大丈夫《だいじょうぶ》？」

ようやく三周走りおえたあたしに、白松が声をかけてくれた。でも、中腰《ちゅうごし》のままうなずくだけでせいいっぱいだった。

その時、突然《とつぜん》ボールのはずむ音がした。顔を上げると、マコがシュート練習をはじめてた。あんなに走ったのに、つかれてないんだ。

「あたしも……練習……」

「待って。あすかはまず、ボールハンドリングからね」

ボールハン……。どんなシュートだろ、それ。

「はい、あすかはこれつかって」

あたしは白松がさしだしたボールをまじまじと見た。

「学校のボールだよ。体育倉庫から持ってきたんだ。じゃあ、はじめよっか」

「ん？　ここで？」

「シュートじゃないから、ここでもできるよ。大丈夫」

いやいや、大丈夫じゃないっ。そーじゃなくて！

「あたし、シュート練習がしたい。ほら、もうつかれてないし！」

そういいながら、その場でジャンプしてみせた。実は、足がガクガクしてたんだけど……。

「あすか、ボールハンドリングってだいじなんだよ。これがうまいとボールを思いどおりにあつかえるから、シュートの上達もはやいんだって」

「そうなの⁉　わかったよ、教えてっ」

あれ？　なんか白松が笑ってるけど？

「え、どうしたの？」

「あすかって、すごくすなおだね。宮本《みやもと》先生がいってたよ。そういうふうに人のアドバイスをすなおに聞く子は、上達がはやいって」

白松《しらまつ》にそういわれて、すぐにカッコよくジャンプシュートを決める自分の姿《すがた》が頭に浮《う》かんだ。よーし、やるぜボールハンドリング！

「じゃあまず、こういうふうに体のまわりでボールをまわす」

まっすぐ立ったまま、白松が右手で持ったボールを背中《せなか》にまわして、左手に持ちかえた。それを何度もくりかえしながら、すごいはやさでまわしてる。

さあ、あたしも！

「ボールは見ちゃダメ」

「うそっ、ダメなの？」

「ダーメ。前をむいてやるんだよ。スピードは、ゆっくりでいいから」

いわれたとおり、ゆっくりやってみた。でも、やっぱりできない。まわしてるとちゅうですぐにボールが手からはなれて、あちこち飛んでいってしまう。

「くっそー、ぜんぜんダメ！」

何度目かの失敗《しっぱい》のあと、思わずさけんだ。

「はじめはみんなそうだよ」

白松《しらまつ》がボールを拾いながら、そういってくれた。みんなか……。

「高崎《たかさき》さんも？」

「もちろん、そうだったと思うよ」

「じゃあ、いっしょうけんめい練習したんだ」

「うん、そうだね……」

白松はそれっきりだまりこんでしまった。あ、そっか。高崎さん、今はやる気がないんだっけ。

「ねえ、いつもあんなふうにいっしょうけんめいなの？」

あたしは、ゴールにむかってひたすらシュート練習をするマコを見ながらいった。

「マコはほんとうにミニバスが大好きだからね」

「じゃあ、高崎さんはキライってこと？」

「うーん、そうじゃないんだけど……」

白松はしゃべりながら、少しこまったような顔をした。

「白松ーっ」

ゴール前から、マコがドリブルでこっちにむかってきた。

「今度はわたしがあすかとやるから、シュート練習して」

となりで白松が「了解《りょうかい》」とこたえる。

「あ、もう大丈夫《だいじょうぶ》だから。ふたりはいつもどおりの練習してよ！」

「えっ、でも……」

マコが心配そうにあたしを見る。

「やり方もバッチリわかったし。帰るころには、目つぶってもぐるぐるまわせるようになってるから！」

あたしの言葉にふたりは笑うと「あとでね」といって、ゴールの方へドリブルで移動《いどう》していった。

よしっ、やるぜ！。

そう思ってまわしたとたん、またもや後ろに飛んでいった。ボールは勢《いきお》いよくころがって、桜《さくら》の木にぶつかって止まった。すぐに走って取りにいったんだけど、その時、頭の中にすっごくいい考えが浮《う》かんだんだ。

ボールを拾った場所で、ボールハンドリングをする！

ほら、べつにどこでやったっていいわけだし！

ひらひらと、花びらが舞《ま》う桜の下。

ボールをまわしながら、みょうに燃《も》えてる自分がいた。

5

高崎《たかさき》さんのこと

「あすかーっ。そろそろ、終わりにするよーっ」

遠くからマコの声がした。気づいたら、ふたりが練習してるゴールから、ずいぶんはなれた場所でボールハンドリングをしていた。

時間をわすれるくらい、いっしょうけんめい運動するなんてはじめてだ。体はつかれてるのに、なぜか気持ちいい。こういう感覚、今まで知らなかったな。

「移動《いどう》しながらボールハンドリングやる子、はじめて見たよ」

タオルで汗《あせ》をぬぐいながら、マコがまじまじとあたしを見る。

「えへへ。そっちの方が、何回もできるって思って」

「あすかはやる気もあるし、すぐにうまくなるね」

白松《しらまつ》が笑顔でそういってくれた。

「はじめての練習だったけど、どうだった？」

帰りじたくをしながら、マコが聞いていた。

「おもしろかったよ。でも、はやくふたりみたいにシュート練習がしたいな。あたし、ジャンプシュートがしたいんだよね！」

そういったとたん、

「どうして？」

と、すぐにマコが聞いてきた。

「カッコいいじゃん！」

あたしはすぐに答えた。

「でも、ジャンプシュートができる子って、六年生でもそんなにいないんだよ。わたしもマコもできないし。あ……高崎《たかさき》さんはできるかな」

そういって白松がチラッとマコを見た。

「いっとくけど、高崎さんに教えてもらうのはむりだよ。高崎さんは他人になんて興味《きょうみ》ないから」

マコはそういうと、また帰りじたくをはじめた。なんとなくそのまま無言《むごん》になるあたしたち……。

「シュートか。やっぱりみんな、最初はやりたいって思うよね」

歩きだしてすぐ白松がしゃべりだした時、正直ホッとした。

「でもミニバスって、最初から最後までずっとひとりでドリブルしていってシュートを決める、なんてないからね。メンバーからいいパスもらってとか、みんなのサポートが大切なんだよ。その……ふつうはね」

ふつうは、か……。その言葉をわざわざ白松が入れた意味は、あたしにもわかる。きっと高崎さんのことをいってるんだ。

高崎さんは、ふつうじゃなくて特別だから。

この前の高崎さん、ほとんどゴールまでひとりでドリブルしていって、バンバンシュート決めてたもんな。

「あ、それにね、ミニバスってルールからしてみんなでがんばる感じになってるんだよ」

あたしの視線《しせん》に気づいた白松《しらまつ》が、今度はミニバスのルールについて話しだした。それによるとミニバスの試合《しあい》は、六分ごとのゲームを四回するらしい。で、その六分間のことをそれぞれ第一クォーター、第二クォーター、第三クォーター、第四クォーターと呼《よ》ぶ。

で、それぞれのクォーターは五人で出るんだけど、第三クォーターまでに交替《こうたい》しながら、十人以上のメンバーが出なくちゃいけないらしい。

「じゃあ、うちのチームは五年生や四年生も出るってこと?」

「そうそう。実はさ、八月に試合があるんだ」

「えっ、そうなの⁉」

「うん。でも、試合は六年だけが出るって学校もあって、うちはきびしいんだよね」

白松がマコを見た。マコはコクンとうなずくと、パッと立ち止まってあたしを見た。

「だからわたし、あすかが入ってくれてほんとうにうれしかったんだ。これで六年は三人になったし」

「あれ、四人だよね?」

そういったとたん、マコが小さくため息をついた。

「……今度さ、また高崎《たかさき》さんを自主練にさそってみない?」

マコは口をぎゅっと閉じると、地面を見たまままた歩きだした。

「実はね、高崎さんが転校して来た時、さそったんだよ」

何もいわないマコのかわりに、白松が教えてくれた。

「え、高崎さんも転校生だったの?」

「うん。半年前にこの学校に来たんだ。宮本《みやもと》先生がいってたんだけど、前に高崎さんがいたチームって、全国大会の常連《じょうれん》だったんだって。しかも高崎さん、五年生からレギュラーだったらしいよ」

「うわっ、すごい!」

「そう、すごいんだよ……。で、自主練にさそってみたんだけどダメでさ」

白松がふうっとため息をついた。

「何で?」

「えっと……、今日《きょう》と同じ。用事があるからって」

白松《しらまつ》がチラッとマコを見た。

「そっか……。用事って何だろうね？」

「もういいよ、高崎《たかさき》さんのことは」

マコがあたしの言葉をさえぎるように、早口でしゃべりだした。

「やる気がない子に何いってもしかたないし。そうじゃない？」

「でも……、何でやる気が出ないのかな」

「知らない」

マコはすぐそう答えると、フッと横をむいた。

そのまま何もいわずに歩きつづけるマコ。あーあ、またへんな雰囲気《ふんいき》になっちゃったな……。そう思ってたら、今度も白松が助け舟を出してくれた。

「とにかくさ、あすかも入ってきたし、自主練のしかたを考えないとね」

白松の言葉で、マコの表情《ひょうじょう》が一気に明るくなった。

「わたし、あすかはまず基礎的《きそてき》なことをやった方がいいと思うんだ。だからうちらとやる時は、ひとりで練習することが多くなっちゃうけど」

「あ、うん。もちろん基礎からやるよ。何たってあたし、初心者だし」

「でも、だんだんいっしょにできる練習とかもやっていこうね。三人いたら二対一もできるし。あー、楽しみだね」

笑顔で話すマコを見てたら、あたしはそれ以上つっこめなかった。

家に帰ってからも、ずっと高崎さんのことが気になっていた。

全国大会の常連《じょうれん》か……。

そんなすごいチームにいたのに、どうして今はやる気がなくなっちゃったんだろう。練習しすぎて、ミニバスがキライになったとか？　だとしたら、転校した学校でまたクラブに入ったりしないよね……。

「あすか、ごはんよー。おりてきなさーい」

階段《かいだん》の下から、お母さんの声がした。

体を起こしたら、桜《さくら》の花びらが一枚《まい》、ひらりとタタミの上に落ちた。

あれ、どこについてたんだろう。髪《かみ》の毛かな……。

桜《さくら》が舞《ま》う校庭で、はじめて見た高崎《たかさき》さんのジャンプシュート。

カッコよかったよな。こんな風に手の先までまっすぐのびててさ。

あたしは天井《てんじょう》にむかって、両手をのばしてみた。

いやちがう。こんなふうにただのばしてるって感じじゃなかった。もっとこう、スッて感じっていうか……あれ？

高崎さん、何で朝はやく校庭にいたんだろう。もしかして……。

「よし！」

あたしはパッと立ちあがると、一気に階段《かいだん》をかけおりた。

6 ひとりきりの朝練に

つぎの日の朝。あたしは用事があるからといって、転校初日と同じ時間に学校へ行った。昨日《きのう》思ったことがあたってたら、きっと……あ！

坂をのぼって校庭についたとたん、ゴール前に人影《ひとかげ》が見えた。まるで走ってるみたいにはやくて、力強いドリブル。あの後ろ姿《すがた》は！

「高崎《たかさき》さんっ」

大声でさけんだ。リズミカルな足取りがピタッと止まる。高崎さんがパッとふりかえった。あたしは走って高崎さんのそばに行った。

「やっぱりいた！　毎朝やってるの？」

高崎さんはボールをかかえたまま、じっとあたしを見ている。あれ？　何だかちょっと、怒《おこ》ってるような……。

高崎《たかさき》さんはくるっとむきを変えると、ゴール下に置いてある入れ物にボールをつめだした。え、どういうこと!?

「いや、そのまま練習つづけて！」

そういってるんだけど、どんどんかたづけだす高崎さん。

「ねえってば！」

思わずかけよって、高崎さんの手をつかむ。

「……何」

「つづけてっていってんのに、何でやめちゃうの!?」

高崎さんは無言《むごん》であたしの手をふりはらうと、また荷物をつめだした。

「あのさ、あたし昨日《きのう》からずっと高崎さんのこと考えてたんだ。どうしていっしょに自主練しないのかなって……」

そうやってしゃべってる間も、高崎さんは一度もこっちを見なかった。そして荷物をつめおわったとたん、校舎《こうしゃ》にむかって歩きだした。

「なんかいってよ！　あたしひとりでしゃべって、バカみたいじゃん！」

そうさけんだとたん、高崎さんの足が止まって、ゆっくりふりかえった。

「あんたさ、人が自分と同じように考える、って思ったら大まちがいだよ」

「何それ。どういう意味？」

「あんたはわたしのことを考えた。わたしは考えなかった。それだけのこと」

高崎さんはそういうと、また校舎の方へ歩いていってしまった。

てか、何だよあれ⁉　あったまくるなーっ。

そりゃあ、あたしだってみんなが自分と同じこと考えてるとは思ってないよっ。でも、それいったら、自分がいやなことは人にやっちゃいけないって教えは何なの⁉

共感って言葉は、どこから出てくるの⁉

もういい、もう知らんっ。あーあ、こんな朝はやく来て損《そん》したっ。

あたしはランドセルのひもをギュッとにぎりしめると、校門にむかって歩きだした。

だけど……。今さら家に帰ってもなぁ……。

結局《けっきょく》あたしは、ノロノロ歩きながら校舎にむかった。教室には、やっぱり高崎さんしかいなくて、席にすわって昨日《きのう》みたいに本を読んでいた。その姿《すがた》を見てさらにムカついたあたしは、自分のつくえに思いっきりランドセルをたたきつけた。そしたら！

バサバサバサッ。

いきなりふたが開いて、中から用具が流れでたんだ。

その場でかたまってるあたしを、チラッと高崎《たかさき》さんが見る。でもそのまま、また本を読みだした。

もーっ、バカッ。カッコ悪いにもほどがあるっつーの！

やっと用具を拾いあつめたとたん、横からガタッと音がした。見ると高崎さんが席から立ちあがったところだった。

スタスタと前の方へ歩いていく。で、しゃがみこんだと思ったらスッと立ちあがった。見ると手にシャーペンを持っていて、あたしのつくえに置いてくれた。

「……ありがとう」

高崎さんは席にすわりながら、「べつに」とつぶやいた。

何だかその横顔が、ほんのちょっとだけテレてるような気がした。

「……朝の練習、毎日やってるの？」

「だったら何」

本から目をはなさないまま答える高崎さん。

「高崎さんが練習してること、マコたち知らないよ。ないしょなの？」

「……関係ないでしょ」

「あっ、もしかして、学校のあとは用事があるから朝やって……」

「ていうかさ、人のことより自分の心配でもすれば？」

あたしの言葉をさえぎるように高崎さんがいった。

「心配？　何を？」

高崎さんは「練習」とだけいうと、教室から出ていってしまった。

ていうかさ、悪い子じゃないんだよな、高崎さんって。ただちょっと、わかりにくいところがあるというか……。

そのうち、みんなが教室に来だした。でも、高崎さんはまた、朝の会がはじまるギリギリまで教室にもどってこなかった。

体育館の時計が、ようやく五時を指した。

「はーい、練習終わりーっ」

宮本《みやもと》先生がさけんだ。先生の前に集まって、みんなであいさつ。つづいてかたづけとそうじがはじまった。

はじめて参加した体育館での練習。何ていうか、もう……。

「あらー、バテバテだね。ミニバスはとにかく動くから」

宮本先生が笑いながらいった。あたしはモップによっかかりながら、うなずくのがせいいっぱいだった。

高崎《たかさき》さんが教室でいった「練習」ってのは、このことだったのか。

たしかに人のことより、自分の心配しなきゃだよ……。

あたしより体の小さい五年生や四年生の子たちが、さっさと走りながらモップをかけている。それにくらべて、ほとんど歩いている状態《じょうたい》の自分。

そうじが終わって、重たい足取りでモップを倉庫にしまう。あたしは荷物のそばに行

くと、すぐゆかにすわりこんだ。となりでマコと白松《しらまつ》が、しゃべりながらバッシュをぬいでる。それにひきかえ、無言《むごん》でやっとこさ体育館シューズをぬいでるとか、もう全然ちがうもんな……。

「それ……いいな」

マコのバッシュを見ながらつぶやいた。

なんか、はいてるだけで、じょうずな人みたいな気がするし……。

「すぐ買わなくてもいいよ。ていうか、持ってない子の方が多いんだ」

まわりを見てみたら、たしかに五年生も四年生もほとんど体育館シューズで、バッシュの子は数人だった。

ていうか、あの子たちよりヘタクソな自分がバッシュなんて、ずうずうしいか……。

そう思ったらため息が出た。なんか、さらに体が重くなった気がする。

「あすか、大丈夫《だいじょうぶ》?」

マコが顔をのぞきこんできた。あたしは無言のままうなずいた。

「わたしも最初は、練習についていけなかったよ。でも、しばらくしたら平気になるから」

マコがそういって、ぬぎっぱなしにしてたシューズを袋《ふくろ》にしまってくれた。さりげないやさしさが、心にじーんとしみる。

「体力はすぐにつかないからね。でも、よくがんばってたと思うよ」

白松もそういってニコッと笑ってくれた。

「体力か……。どうしたらつくんだろ」

「たくさん練習するしかないね。でも、あせらなくて大丈夫だって。あすかはわたしたちと自主練もしてるんだからさ」

マコの言葉を聞きながらふと顔を上げると、さっさと帰りじたくを終えた高崎《たかさき》さんが扉《とびら》にむかって歩いていた。つかれたようすはまったくない。やっぱり朝練もしてるから……ん？　朝練⁉

そうだよっ、あたしもやればいいんじゃん！

このナイスな思いつきで、つかれが一気に吹《ふ》っとんだような気がした。

朝、六時半。セットしてた目ざましが鳴る。

あたしは眠気《ねむけ》と戦いながらしたくをした。

「なんやあすか、めちゃはやいやないか」

朝ごはんを食べてたお父さんに、びっくりした顔で見られる。

「ちょっとはやめに学校行こうと思って」

「またか。何でや?」

「……ミニバスの練習」

「ひとりでやるの?」

お母さんが心配そうな顔であたしを見た。

「ちがうよ。ほら、前に話したじゃん。高崎《たかさき》さんってうまい子がいるって。その子が毎朝やってるからさ」

「よっしゃ!」

突然《とつぜん》お父さんが立ちあがった。

「やる気まんまんのあすかに、プレゼントやで!」

そういって台所から出ていったと思ったら、なんと高崎さんが持ってるようなボール入れをかかえてもどってきた。

「えっ、マジで？　買ってくれたの⁉」

「ちゃーんと名前も入ってるで。見てみ！」

お父さんがニヤッと笑う。あたしはすぐにボール入れを開いた。

「うわっ、ほんとうだ……って、アヤノって誰《だれ》よ！」

ボールの表面に、思いっきり英語でそう入ってるけど⁉

「実はそれ、お父さんの会社の人からもらったの。その人のむすめさん、小学生の時にミニバスはじめたんだけど、すぐやめちゃったんだって」

お母さんが苦笑いしながら教えてくれた。

「まあまあ。英語やし、誰も気づかへんて！」

「気づくに決まってんじゃん！　てか、最初のA《エー》しか同じじゃないしっ」

そういいかえしたものの、ボールは新品かって思えるくらいにキレイで、なかなかいい感じだった。それにマイボールがあれば、今日《きょう》からすぐにシュート練習ができるしな……。

「とりあえず、今はこれでがまんしといてあげるよ」

すなおに納得《なっとく》するのもムカついたので、そんなふうにいってみた。

「ほんとう、あすかの〝いらち〟は、お父さんにそっくりね」

お母さんがそういって笑った。

急いでごはんを食べて家を出る。通学路を歩いてたら、曲がり角から、誰《だれ》かが走って出てきた。おっ。あのベリーショートの後ろ姿《すがた》は……。

「高崎《たかさき》さんっ！」

聞こえなかったのか、ふりむかないで行ってしまった。すぐに走って追いかけるあたし。

それにしても、ほんとうにはやいな。こっちも必死で走ってるんだけど、あっというまに高崎さんの後ろ姿は米つぶみたいになった。そしてあたしが校庭についたころには、もうシュート練習をしていた。

「お、おはよーっ！」

ゴールの近くまでいって、それだけいうのがせいいっぱいだった。中腰《ちゅうごし》になって下をむいてたら、ポタポタと地面に汗《あせ》が落ちた。腕《うで》で汗をぬぐいながら顔を上げると、高崎さんがムッとした顔であたしを見下ろしていた。

「どういうつもり？　昨日《きのう》のこともうわすれたの？」

昨日……なんだっけ？　ぼーっとした頭で必死に考える。

「あんたが来たから、練習やめたんだけど」

高崎さんがあたしをにらむ。

「ちょっ、ちょっと待って……」

あたしは高崎さんにむかって手をのばした。

しゃべりたいのはやまやまだけど、息が上がりっぱなしで声が出ない。手をのばしたまま、必死に呼吸《こきゅう》を整える。でも全然おさまらないし、汗もますます流れてきた。

高崎さんがふうっとため息をついた。そして、ゴール下まで歩いていくと、バッグからタオルを取りだした。もどってきてタオルをあたしにおしつけると、またゴール前にもどっていった。

「ありがとう……。その……じゃまするつもりじゃ……体力ないから……もっと練習したくて……」

息も絶《た》え絶《だ》えに、ようやくそこまでしゃべった。

ゴール前でボールを持った高崎《たかさき》さんが、チラッとこっちを見る。そしてすぐにゴールの方へむきなおると、ボールを頭の上でかまえた。

あ、このフォーム！

高崎さんの体がふわっと宙《ちゅう》に浮《う》かぶ。ジャンプして、一瞬《いっしゅん》止まったあとに両手がスッとのびた。手の先から、ボールがキレイな放物線をえがいて飛んでいく。パシュッと軽やかな音を立てながらネットがゆれた。

あーっ、やっぱりカッコいい！

「やりたい！」

気づいたらさけんでた。高崎さんはしばらく、無言《むごん》であたしを見てたけど、「むり」とひとこと、真顔でいった。

「なんで!?」

「まずはボールハンドリング。あと体力。走りこみは基本《きほん》」

高崎さんがまたジャンプシュートをした。あたりまえのようにゴールにすいこまれるボール。

「そこジャマ」

ぼーっとながめてたあたしに、高崎さんがいった。

「あ、はいっ」

すぐに移動《いどう》したものの、さてどうするか。そういえば高崎さん、さっき走りこみは基本っていったな……。よしっ。

あたしはランドセルを地面に下ろすと、校庭を走りだした。

7

高崎《たかさき》さんとマコ

「あすか、最近はランニングおくれなくなったね。前より体力ついたんじゃない？」

校庭を走りおえたあと、マコが笑顔でいった。

「ほんとう!?」

肩《かた》で息をしながらも、そっこうで答えた。

「わたしもそう思う。やっぱり毎日ちゃんと練習してるからだよ」

白松《しらまつ》もそういって笑ってくれた。

今日は水曜日、三人で練習する日だ。そう、三人。あたしはあのあとも何度か高崎《たかさき》さんをさそったけど、返事はいつも同じ、用事がある、だ。

「じゃあ、シュート練習からやろうか」

マコがゴールにむかって歩きだした。

「あたし、その前にボールハンドリングやるよ」

ゴールからはなれた場所で、ボールをまわしはじめる。

高崎さんにもいわれたしね、まずはボールハンドリングだって。

でも、最近はボールもそんなに飛んでいかなくなったし、そろそろジャンプシュートを……。

「おわっ」

腰《こし》のまわりでまわしてたボールが、手の中から飛びだした。すぐに走って追いかける。

あーあ、ちょっと気を抜《ぬ》くとこれだよ。

転がったボールは、桜《さくら》の木の根もとにぶつかって止まった。

いつのまにか散っちゃってたな……。

すっかり青い葉だけになった桜の木。はじめて高崎さんのジャンプシュートを見た日が、ずいぶん前のことのような気がする。

実はあれから毎日、あたしは高崎さんと朝練をしていた。

この学校は七時半に校門が開くんだけど、みんなが登校してくるのはだいたい八時から八時十五分の間。だからあたしと高崎《たかさき》さんは、七時半からみんなが登校してくる八時までいっしょに練習する。

まあ、いっしょっていってもおたがい走って学校まで来たあと、それぞれシュート練習とかボールハンドリングしてるだけなんだけど。でも、最近はシュートのアドバイスもしてくれる。高崎さんって、質問《しつもん》したらちゃんと答えてくれるんだよね。ちょっとぶっきらぼうではあるけど。

「あすかーっ、一対一やるよー」

ゴール前からマコがさけんだ。

「りょうかーい」

でも、実はちょっと心苦しいんだよな。べつに悪いことしてるわけじゃないけど、マコたちにだまって朝練するのって、どうなんだろうって。

「じゃあ、あすかはオフェンスね」

マコがそういってあたしを見る。

「はいっ。えーっとオフェンスは、ゴールとボールを持ってる人の間に入って、シュートされないように守ること……」

「それはディフェンス」

マコにそっこうつっこまれた。てことはあれだ、シュートする方だ！

ゴールを背《せ》にして立っているマコからボールを受け取る。それが、一対一開始の合図。

オフェンスのあたしは、目の前で手を広げてるマコをドリブルでかわして、ゴールにシュートしなくちゃいけない。

どうしよう。えーっと、とりあえずドリブルして……。

「ナイスカット！」

白松《しらまつ》の声。見ると、マコにカットされたボールが、地面の上を勢《いきお》いよく転がっていった。

「あすか、相手の正面でドリブルしたらダメだよ。横をむいて腕《うで》でカバーするようにしないと、すぐカットされるよ」

マコの言葉に「はいっ」と返事をして、転がるボールを走って取りにいった。正門の近くまで行って、ようやくボールに追いつく。ボールを拾いながら顔を上げると、見おぼえのある後ろ姿《すがた》が見えた。お、あれは……。

「高崎《たかさき》さんっ」

あたしの声に、高崎さんがふりかえる。

そういえば帰りの会のあと、宮本《みやもと》先生に呼《よ》ばれてたな。

高崎さんが視線《しせん》をスッと後ろにむけた。ふりかえると、マコと白松《しらまつ》がこっちをじっと見ていた。

「今、三人で一対一やってたんだ」

「あっそ」

そういって、高崎さんが歩きだす。

「そうだっ、これ見て！」

あたしは横むきになると、腕《うで》を上げてボールをかばうようにドリブルした。

「腕でカバーって、これでいいのかな」

「……肩《かた》」

じっとあたしを見てた高崎さんがつぶやいた。

「え？」

「肩を入れる」

「肩？　どういうこと？」

そういって高崎さんにボールをパスした。高崎さんが不思議そうな顔で見る。

「やって見せて！」

あたしは高崎さんの前に立つと、腰《こし》を落としながら両手をひろげた。高崎さんはふうっと息をはきだすと、腕を上げるだけじゃなく、あたしにむかって肩をグイッと入れる感じでドリブルをはじめた。

なるほどーっ。こうやって肩を入れれば、体でボールをカバーする感じになるんだ。

と、思ったら、くるっとターンしてあたしをあっさり抜《ぬ》き去った。

「すごいっ、どうやってやるの!?」

思わず声が大きくなった。高崎さんは、ボールをあたしにパスすると、

「見たままだけど」

といって、校門にむかって歩きだした。

「あすか！」

後ろからマコの声がした。ふりかえると、手まねきしてあたしを呼《よ》んでいた。うーっ、高崎《たかさき》さんに今のターン教えてほしいんだけどなぁ。

「あすかーっ」

また呼ばれた。えーいっ、しかたない。

「じゃあ明日《あした》ねーっ」

高崎さんの背中《せなか》にむかってさけぶと、あたしはマコたちのもとへ走った。

「見た、さっきの！　すごくない⁉」

マコたちのところへ行くなり、そういった。

「今度は、あすかがディフェンスだよ」

マコはそういって、あたしの手からボールを持っていった。

「やっぱりうまいよね、高崎さんて！」

「うまかったら、やる気がなくてもいいってわけ？」

ふりかえったマコが真顔でいった。

「やめなよ、あすかにいってもしかたないって」

白松《しらまつ》がマコの服をひっぱる。

「わかってるよ！」

マコがさけんだ。

「だけど、なんかバカみたいじゃんっ。わたしたちなんか毎日、いっしょうけんめい練習してるのに……」

マコの目がみるみるまに赤くなった。

「ちがうんだって！　高崎さんは……」

「何がちがうの⁉」

マコがそういってあたしをにらむ。ダメだ、これはいうしかない。

「実は……」

あたしはふたりに朝練のことを話した。

「高崎さん、ひとりで練習してたんだよ。べつに、やる気がないわけじゃないっていうか……」

でも、話せば話すほどマコがムッとしていく。あれ、なんでだ⁉

「これではっきりとわかった。いやだってことがね」

マコが強い口調《くちょう》でいった。

「え、何がいやなの？」

「わたしたちと練習するのがいやだってことだよ！」

「ちょっと待って！　いいたかったのは、そういうことじゃなくてさ。ほら高崎《たかさき》さん、学校のあとに用事があるから……」

「あのね、あすか。その用事って、ひとりで練習することだから」

マコがまっすぐあたしを見ていった。

「練習って……どこで？」

マコが口をぎゅっとつぐんでだまりこんだ。

「隣町《となりまち》にゴールがある公園があるんだ。そこで練習してるみたい。前にクラブの五年生が見たっていってて……」

白松《しらまつ》が話しながら、チラッとマコを見た。

「そういうことだからっ」

マコはキッとあたしをにらむと、荷物をつかんで走りだした。あとを追いかけようとしたら白松に止められた。

「ああなっちゃうと、マコは何いっても聞かないからさ」

「ごめん……あたしのせいだよね」

あたしは白松に頭を下げた。

「そんなことないよ」

白松はそういってくれたけど、あたしの話がマコを怒《おこ》らせたっていうのはまちがいない……。

「今日《きょう》はわたしたちも帰ろっか」

白松がそういって、あたしの肩《かた》に手をのせた。

白松とふたり、通学路を無言《むごん》で歩く。いつもなら三人で、あれこれしゃべりながら楽しく帰るのに。

「高崎《たかさき》さんのことだけどさ……」

突然《とつぜん》、白松《しらまつ》が話しだした。

「高崎さんのいたチームって、うちらみたいな学校のクラブとはちがうんだよ」

「え、どういうこと?」

「いろんな小学校の子が集まってる、クラブチーム。練習なんか毎日あって、休みになると遠征《えんせい》とかもしてたんだって」

そんなクラブがあるなんてはじめて知った。しかも遠征って……。つまり、いろんなところへ試合に行ってたってことだよね⁉

「宮本《みやもと》先生から、そういうすごいとこでプレーしてた子が転校してくるって聞いてさ、ほんとうに楽しみにしてたんだよ。特にマコは、いっしょに練習したいってずっといってて。だからそのぶん、高崎さんの態度《たいど》に失望《しつぼう》したっていうか……」

「白松はどう思ってるの?　高崎さんのこと」

「もちろんいっしょに練習したいって思ってるよ。でも……」

「でも?」

「高崎さんには、高崎さんの考えがあるだろうしさ。むりにこっちの考えをおしつけるのは、どうかとも思う」

人ぞれぞれ、思うことはちがうってことか……。

まさに、あたしが高崎さんにいわれたことだ。

「それはわかるけど……。じゃあ白松は、このままでいいと思ってるの？」

「……いいとは思ってない」

「でしょ！　だからさ、ふたりをこう、いい感じにさ……」

と、しゃべりだしたものの、その先が思いうかばない。結局《けっきょく》あたしは、そのままだまりこんでしまった。

「ふたりとも、あんなにミニバスが好きなのに」

ひとりごとのようにいった白松の言葉に、あたしはハッとした。

「そーだよ、好きなんじゃん！」

「え？」

白松が不思議そうな顔であたしを見る。

「ミニバス！　そんなふたりが、あわないわけないよっ」

あたしは両手で白松《しらまつ》の手をにぎった。

「……そうかな？」

白松はあたしを見ると、心配そうな顔で聞いてきた。

「あうって！　好きなものがいっしょなんて最強だよっ」

あたしは白松の手をブンブンふりながら、はっきりといいきった。

「そっか……うん、そうだよね！　なんかあすかってすごい。わたしまでそんな気がしてきたよ」

そういって、ふふっと笑った。

「とにかくさ、高崎《たかさき》さんにいっしょに練習しようって、話してみるから！」

あたしはさらに力をこめて、白松の手をぎゅっとにぎった。

8

シュート練習

「あのさ、今度マコたちと自主練しない？」

朝練の時、高崎《たかさき》さんにいってみた。高崎さんはチラッとこっちを見ると、「しつこい」とつぶやいた。まあ、何回もさそってるからな……。

高崎さんは無言《むごん》のまま、その場でストレッチをはじめた。

「じゃあ朝練は？　あたし、マコたちに朝練のこと話したんだ」

高崎さんが「は？」といって、動きを止めた。

「あ、でもまださそってないから！」

あわててそういうと、高崎さんはムッとしながらもまた動きはじめた。

「ここに来る前、すごく強いクラブチームにいたんだってね」

高崎《たかさき》さんの横で、いっしょにストレッチしながらいってみた。

「……誰《だれ》から聞いたの」

「マコたち。五年生からレギュラーだったたって聞いた」

高崎さんは何もいわない。

「ねえ、ボールに書いてあるのって、チームの子が書いた寄《よ》せ書《が》き?」

朝練するようになって、高崎さんのボールを見る機会がふえた。

それでわかったんだ、名前のまわりに書いてあるのは、チームメイトからのメッセージだってことが。

みんな高崎さんのことをレイって呼《よ》んでいて、どのメッセージも転校する高崎さんにエールを送っていた。

「えーっと……チームのメンバーとなかよかったんだよね?」

その質問《しつもん》にも答えてくれなかった。

「でも……、今はここにいるんだしさ。どうせなら、今のメンバーでなかよくミニバスした方がよくない?」

高崎さんは屈伸《くっしん》を終えると、立ちあがってあたしを見下ろした。

「あのさ、その脳天気《のうてんき》でザツな考え方、人におしつけないでくれる?」

「何、そのいい方!」

立ちあがってそっこう反論《はんろん》したものの、高崎さんは一切無視《いっさいむし》。ったく、つごう悪くなると、すぐだんまり決めこむんだから!

ボールハンドリングを終えたあたしは、高崎さんのむかいからシュート練習をはじめた。シュートしてはボールを取りにいって、またその場からシュートする。

途中《とちゅう》で、高崎さんがシュートしたボールとぶつかった。ひとつのゴールで練習してるから、同じタイミングでシュートするとそうなる。

何度かボールをぶつけながら、気づくとあたしたちは、自然と順番にシュートしていた。

高崎さんがシュートする。

あたしがシュートする。

高崎さん、あたし、高崎さん。

なんだかおかしい。だってこれってまるで……。

「何笑ってんの？」

高崎《たかさき》さんがそういって、あたしをにらんだ。

「いやー、こうやってシュートしてるとさ、会話してるみたいだなって」

あたしがそういうと、高崎さんはふぅっと小さく息を吐《は》きだした。

「……ほんとう、こりないよね」

「え、何が？」

「ジャンプシュートはあきらめたの？」

突然《とつぜん》、高崎さんが聞いてきた。

「あきらめてないよ、何で？」

「全然練習しないし」

「だって、まだボールハンドリングちゃんとできないから……」

「ふーん。移動《いどう》しながらボールハンドリングしてた割《わり》には、そういうとこ頭固いんだ」

移動しながら……あれ、もしかして！

「うちらの練習、見てたの⁉」

「たまたまだから」

高崎《たかさき》さんはムッとした顔でいうと、パッと顔を赤くした。

「そっか……。よしっ、今日《きょう》からジャンプシュートの練習やる！　ね、いいよね⁉」

「……勝手にすれば」

高崎さんはそうつぶやくと、その場でジャンプシュートをした。高崎さんの手からはなれたボールが、キレイな山なりのカーブをえがいてスッとリングに入った。

「どうやってやるの⁉」

「見たまま」

高崎さんはそれだけいうと、またジャンプシュートをした。

あたしは高崎さんの横にならんで、見よう見まねでシュートをはじめた。

高崎さんは何もいわない。

それでもずっとあたしのとなりで、ジャンプシュートを打ってくれた。

朝練を終えて教室に入る。高崎さんはいつもどおり、自分の席でバスケの本を読みだした。

「……何」

あたしの視線《しせん》を感じたのか、本を読みながら高崎さんがつぶやく。

「いや、何でもない」

さて、これからどうしたものか……。そんなことを考えてたら、ぞくぞくとみんなが教室に入ってきて、マコと白松《しらまつ》も来た。

あたしはすぐにふたりのところへ行った。白松はあいさつしてくれたけど、マコはあたしを見るとサッと顔を横にむけた。

「昨日《きのう》はごめん。あたしがよけいなこといったから……」

「今日《きょう》もいっしょに朝練したの？」

視線をそらしたまま、マコが聞いてきた。

「うん……。あ、そうだ聞いて！　高崎さん、あたしたちの自主練、見てたんだよ！」

「え、そうなの？」

白松《しらまつ》がびっくりした顔で聞きかえしてきた。あたしはブンブン首をたてにふった。

「あたしが移動《いどう》しながらボールハンドリングしてたの、知ってたんだ」

「へぇ、意外だな。高崎《たかさき》さんがこっそり見てたなんて」

「つまりさ、高崎さんもうちらのこと気になってるんだって。そう思わない⁉」

「思う、思う。どうでもよかったら、そんなことしないもんね！」

白松はそういってくれたけど、マコは横をむいたままだった。

でも、その視線《しせん》がひそかに高崎さんにむけられていたのを、あたしは見のがさなかった。


授業《じゅぎょう》が終わって白松たちと体育館へ行くと、高崎さんがちょうどバッシュをはきおえたところだった。ゴール前でシュート練習する高崎さんを、マコがバッシュをはきながらチラチラと見ている。

今までは体育館に高崎さんがいても、めったに視線をむけることはなかったのに。よしっ。

あたしはマコの手をガシッとつかむと、高崎さんがシュート練習してるゴールの方につれていった。

「ちょっと、何！」

マコがあわてたようすでさけんだ。

「何って、シュート練習するんでしょ？　白松もはやく！」

ボールを持ってかたまってるマコのむかいで、高崎さんはずっとシュート練習をしていた。あたしは高崎さんのとなりに行くと、同じようにシュート練習をはじめた。

しかし、やっぱり高崎さんってうまいよな。あたしのボールはなかなかゴールに入らないのに、高崎さんのはどれもすいこまれるようにリングを通過《つうか》していく。

「何でそんなに入るの？」

気づいたらそう聞いてた。でも、いったあとでハッとした。

何へんなこと聞いてんだ、あたし！

高崎さんが、シュートの手を止めた
「あ、そんなの、たくさん練習してるからだよね！」

「絶対《ぜったい》決める、って思ってるから」

高崎《たかさき》さんの言葉に、マコがパッと顔を上げた。そのまま真剣《しんけん》な顔で、じっと高崎さんを見つめるマコ。

「シュートはてきとうに打ってたら、絶対《ぜったい》に入らない」

高崎さんはつづけてそういうと、まっすぐあたしを見た。

「そっか……。あ、じゃあさ、一対一の時は⁉」

「は？　何いきなり」

高崎さんが眉間《みけん》にシワをよせた。

「この前、肩《かた》を入れるって教えてくれたじゃん。それ、ちゃんと気をつけてるんだけど、なかなかシュートは決められなくてさ」

「大丈夫《だいじょうぶ》だよ。前よりよくなってると思うよ、すごく」

むかいから、白松《しらまつ》がすぐにそういってくれた。でもな……。

「マコはどう思う？」

あたしは、まだじっと高崎さんを見てるマコに話しかけた。

「え？　何？」

マコがびっくりした顔でこっちを見る。

「あたしが一対一でシュートが決められない理由だよ」

マコは「ああ」とつぶやくと、

「……あすかはまだ、ボールをコントロールできてないからだよ。もっとドリブルの練習しないと」

と、いった。

あー、その問題か。たしかにそうだよな……。

「ゴール見てないでしょ」

突然《とつぜん》、高崎さんがそういった。

「手もとばっかり見てシュートねらってないから、決まるわけがない」

「でも、ディフェンスを抜《ぬ》かないと、シュートが決まらなくない？」

高崎さんにむかって、マコがすぐに聞きかえした。高崎さんの視線が、まっすぐマコにそそがれる。

「一対一は、ディフェンスを抜《ぬ》くことが重要なんじゃない。シュートをねらうことが第一だから。いけると思ったら、ボールもらってその場からすぐシュートするのもありだし」

「それって、トリプルスレットのつぎにってこと？」

マコがまた聞きかえした。えーっと……何だっけそれ？

「ほら、基本姿勢《きほんしせい》のことだよ。いちばん最初に宮本《みやもと》先生に習ったよね？」

白松《しらまつ》がすぐに教えてくれた。

「ああ、この姿勢をしてれば、パス、ドリブル、シュートの三つのプレーがどれでもすぐにできるんだよね？　で、三だからトリプルっていうって」

「そうそう。これ」

白松はそういって、トリプルスレットのフォームをした。

両ひざは軽く曲げた上に、片方《かたほう》の足を軽く後ろにひく。ボールの高さはおなかのあたりで、ひいた足の方によせて持つ。

とにかく、パスをもらったらこのフォームにするようにって、いわれたんだっけ。

白松と話してたら、いつのまにかマコがこっちに来ていて、高崎《たかさき》さんと真剣《しんけん》な顔でプレーの話をしていた。

うわっ、ふたりがこんなにしゃべってるの、はじめて見た！

何かすごくいい感じ……よしっ！

「ねえ、四人で朝練しようよ！　そしたらこういう話も、もっとできるしさ」

あたしがそういったとたん、

「話してる時間なんかない」

すぐに高崎さんが言葉をかえしてきた。

「でもさ、四人いたらほかの練習もできるよ。ほら、二対二とか……」

「朝はシュート練習って決めてるから」

あたしの言葉にかぶせるように、また高崎さんがいった。その時、

「いいよ、シュート練習で。その……いっしょにやるなら」

と、顔を真っ赤にしながらマコがいった。高崎さんがまじまじとマコを見る。

「わたしもやりたい。いいかな」

白松《しらまつ》が、真剣《しんけん》な顔で高崎《たかさき》さんを見る。

「べつに……わたしが決めることじゃないし」

高崎さんはそういうと、その場でワンドリブルしてシュートした。

高崎さんの手からはなれたボールは、きれいな放物線をえがきながら、やっぱりシュッとリングへとすいこまれていった。

9 自分のための練習

「お先っ」

マコたちにそういって、ダッシュで教室を出た。めざすはもちろん体育館。廊下《ろうか》をダッシュしてたら、セミの鳴き声が聞こえてきた。

おー、がんばって鳴いてるねぇ。もうすっかり夏だなー。

体育館シューズをはいたあたしは、いつもどおりボール入れからボールを取りだしてボールハンドリングからはじめる。ボールが思いどおりにまわると、どんな練習でもできる気がするんだ。そして、今日《きょう》こそはジャンプシュートを成功《せいこう》させるのだ！

扉《とびら》が開く音がして、高崎《たかさき》さんが体育館に入ってきた。バッシュにはきかえたあと、さっそくシュート練習をはじめる。

「手」

突然高崎《とつぜんたかさき》さんがいった。へ？　何？

「止まってる」

おっと。どうやら、ぼーっと高崎さんのジャンプシュート姿《すがた》を見てたらしい。

シュートといえば、あたしたち四人は朝練をつづけている。

高崎さんがいったとおり、ほんとうにシュート練習しかしてないけどね。

それでも前にくらべれば、いっしょに練習する時間はふえたわけで。まあ、授業後《じゅぎょうご》の自主練に高崎さんはまだ来ないけど、それはおいおいね……。

「何でいっつも、ボールハンドリングしてんの」

ゴールを見ながら、高崎さんが聞いてきた。

「まずはボールハンドリングだって、高崎さんがいったんじゃん」

ボールをまわしながらいったら、「ああ」と高崎さんがつぶやいた。

「あたし、高崎さんが目標《もくひょう》だから。アドバイスはちゃんと聞くんだ」

「……目標はジャンプシュートでしょ」

高崎さんがそういってシュートをした。ボールはあたりまえのようにリングを通過《つうか》して、パシュッとネットがなった。

「でも目標は必要。はやく上達する」

ボールを拾いながら、高崎さんがいった。

「じゃあ、高崎さんの目標は？」

「アメリカでバスケすること」

え、アメリカ⁉

思ってもみなかった言葉がかえってきて、頭がいっしゅん混乱《こんらん》した。

「アメリカって……外国の？」

「それ以外に何があるのよ」

高崎さんはそういいながら、ボールをゆかにはずませた。

「いやー、外国とかすごいなって思ってさ。で、その目標のために、今はあたしたちといっしょにがんばってるんだ」

「いっしょって感覚はない」

高崎《たかさき》さんはそういうと、ゴールにむかってボールをかまえた。

「ん？　どういう意味？」

「わたしは、自分の練習をしてるだけだから」

おおっ。何かカッコいいな、そのいい方。さすがは高崎さん！

高崎さんの手からボールがはなれた。ボールはリングのまわりをくるくるまわると、そのまま転がるようにネットの中に落ちていった。

ボールがゆかに落ちると同時に、マコが扉《とびら》から入ってきた。つづいて白松《しらまつ》も入ってきたんだけど、ふたりともなんだか表情《ひょうじょう》が暗いような……。

マコはさっさとバッシュをはくと、一度もこっちを見ることなく、むこうのゴールへ歩いていった。

「何かあったの？」

バッシュをはきおえた白松に聞いてみた。

「べつに……。それより、ジャンプシュートの練習しなくていいの？　ほら、先生が来ちゃうよ」

あ、そうだった！　急いでゴール前に行って、ボールをかまえる。

ひざを曲げて腕《うで》に力を伝わせていったあと、ジャンプしながら胸《むな》もとに力をタメる感じで……。

ジャンプシュートについて、高崎さんに質問《しつもん》して獲得《かくとく》した情報《じょうほう》によると、そういうことらしい。で、それをイメージしながら練習してるんだけど、この〝タメ〟ってのが、よくわからない。

何本も打って感覚をつかむしかないんだろうけど、これが思ってたよりもむずかしいんだよね……。

「集合ーっ」

宮本《みやもと》先生がドアから入ってきた。

いつもどおりストレッチして体育館の中を走ってから、ステップの練習やパス練習をはじめる。

「あすか、パスはもっと前に出す。それだと相手の動きが止まっちゃうでしょ！」

コートのはしからはしまで、ふたりでパスしながら移動《いどう》する練習で、さっそく先生に注意される。そうはいうけどさ、どのくらい前に出せばいいのか全然わかんないんだよーっ。

「それじゃあ前すぎっ」

また先生の声。あたしのパスを取れなかった五年生の子が、走って反対側のコートまでボールを拾いにいく。うわーっ、もうしわけない！

あーあ、パス練習はきらいだ。なんていうか、パスってシュートみたいに気持ちよくないんだよなー。

「あすか、レイとマコのパスをよく見てごらん。参考になるから」

先生がコートに顔をむけた。見ると、ちょうどふたりがスタートするところだった。

マコがパスを出す。走りだしてた高崎《たかさき》さんの体がぐいんと前に出て、胸《むな》もとでしっかりボールをキャッチした。

今度は高崎さんがパスを出す。やっぱりマコの体がぐいんと前に出て、ボールはきちんと両手におさまっていた。ふたりとも、動きが止まるどころか、さらに前に進んでるって感じ。

あー、だからなのか！　このふたりがペアを組むと、あっというまにコートの反対側についちゃうのは。しかもマコは高崎さんとペアを組むと、ほかの誰《だれ》と組むよりもスピードが出てる気がした。

「ナイスコンビ！」

もどってきたマコに声をかけた。マコはチラッとあたしの顔を見たけど、何もいわなかった。

「はーい、つぎは一対一ねーっ」

先生が手をたたいた。うっ、また苦手なやつだ。

あーっ、こんな練習じゃなくてシュート練習がしたい！

あたしは持ってたボールを上にむかってポーンと投げた。

「はぁーっ」

「なんやあすか、でっかいあくびして。もうねむいんか？」

お酒ですっかり赤ら顔のお父さんが、あたしの顔をのぞきこむ。

「あくびじゃないよっ、ため息だよ！」

あたしはそういって、お母さんがお皿に置いてくれた天ぷらをほおばった。しっかし、クーラーのきいてる部屋で食べる天ぷらって最高！

このサクサクッとした食感。あげたての大葉はやっぱりうまいなぁ。さあ、つぎはさつまいもだーっ。

「ま、そんだけバクバク食べられるんなら、大丈夫《だいじょうぶ》やな」

お父さんがガハガハと笑った。

「大丈夫じゃないっつーの！」

……まあ、たしかに食欲《しょくよく》はあるけどさ。

みやびが「元気だして」といって、さつまいもの天ぷらをお皿にのせてくれた。ううっ、いい妹だー。

「あーあ、ジャンプシュートがはやくできるようになりたい！」

「おー、がんばれ。ジャンプシュートできたら、カッコええもんな」

お父さんが親指をグイッと立てる。

「やっぱりそう思う？」

「当然やん」

ふたりで顔を見あわせて、ニヤッと笑った。

「おっ、そうや」

突然《とつぜん》お父さんが立ちあがって、部屋から出ていった。お母さんが、食事中だって注意しても、空返事《からへんじ》ばっかりでもどってこない。なんだ？

「あすかー、ちょっと来てみー」

ちょうどごはんを食べおわったところで、庭からお父さんの声が聞こえた。

「なにーっ」

さけびながら移動《いどう》して、居間《いま》のサッシを開けた。

「ちょっと、こっち来てみ」

木の下から手まねきをしている。もー、なんだっつーのよ。

「ジャジャーンッ」

お父さんが上を指さす。見ると、木の枝《えだ》にヒモが結《むす》んであって、その先にでっかい鈴《すず》がついている。あれはたしか、お父さんがどっかのおみやげで買ってきた鈴《すず》だ。もしかしてこれって……。

「ジャンプシュートするんなら、ジャンプ力が必要やろ?」

お父さんが飛びあがって、思いっきり鈴をはたいた。シャンシャンシャンッと、鈴の音が庭になりひびく。やっぱりね。

「あのさ、忍者修行《にんじゃしゅぎょう》じゃないんだから」

幼稚園《ようちえん》のころ、大きくなったら忍者になる! と、宣言《せんげん》したら、忍者はかべを乗りこえるからジャンプ力がいるといって、お父さんがかべにテープをはった。で、そこに手が届《とど》くまで、毎日飛ぶようにいわれたんだ。

「そのうち、ジャンプシュートゆうたら、笹川《ささがわ》あすかっていわれるで」

お父さんがグイッと親指を上げた。

「だからさ、ジャンプだけ得意《とくい》になってもしかたないの。タメの感覚がわからないとできないんだから。そのためには……」

何をすればいいんだ?

「まあまあ。考えてわからん時は、動いたらええねん」

そういって、今度は両方の親指を上げた。

あたしは、ふーっと息をはきだすと、鈴の下へ行ってみた。

両腕《りょううで》を思いっきりふって、ジャンプしてみる。あとちょっと、って感じなのに届かない。あたしの右手は、しっかり空中でからぶりした。

「くっそーっ」

気づいたら、ムキになって何回もジャンプしてた。でも、やっぱり届かない。

「届くって思ったら、届くようになる。人間、思いこみがだいじやで」

お父さんが、ニヤッと笑った。

10

チームメイト

つぎの日は、朝からひさしぶりのくもり空だった。まあ、朝練するにはすずしくていいけどね。

昨日《きのう》の夜、あたしはさらにジャンプシュートへの意欲《いよく》をかためた。そこで、気合いじゅうぶんで校庭に行ったら、誰《だれ》かがゴール前にいるのが見えた。

「あ、マコ！　おはよう、はやいねっ」

「おはよう」

ゴールを見たまま、マコがボソッといった。

あれ？　なんか元気ないな……。

ちょうどその時、校門の方から高崎《たかさき》さんが走ってくるのが見えた。

「高崎さん、おはよー」

ん？　自分だけの声しかしなくて横を見ると、マコがじっと高崎さんを見ていた。でも、あたしの視線《しせん》に気づくと、また無言《むごん》でシュート練習をはじめた。

「うわー、みんなはやいね」

しばらくして白松《しらまつ》が来た。そのとたん、突然《とつぜん》マコが高崎さんの前に立った。高崎さんが動きを止めてマコを見る。

「もうすぐ大会もあるし、ちがう練習がしたいんだけど」

マコがまじめな顔でいった。

「二対二とか、いっしょにできる練習」

高崎さんがまゆをひそめる。そしてひとこと、

「むり」

とつぶやくと、ゴールにむかってシュートした。

「どうしていっしょの練習はやらないの？　わたしたち、チームメイトでしょ！」

マコがキッと高崎さんをにらむ。

高崎《たかさき》さんはマコと視線《しせん》をあわせると、

「そんなふうに思ってないし」

と、無表情《むひょうじょう》な顔でいった。マコの顔が一気に赤くなる。

「あ、そう」

マコはそうつぶやくと、荷物をひっつかんで校舎《こうしゃ》の方へ歩いていった。

「マコっ」

白松《しらまつ》がすぐにあとを追いかける。あたしも動こうとしたとたん。

「あんたは行かないの？」

後ろから高崎さんの声が聞こえた。ふりむくと、高崎さんがボールを持ってじっとゴールを見ていた。でも、その目には、いつもみたいなするどさがなかった。

高崎さんがシュートした。

ゆるやかなカーブをえがいたボールが、ゴールにむかって飛んでいく。

ボールはリングのふちにあたると、空にむかってポーンとはねた。

練習のあとに教室へ行くと、マコと白松の姿《すがた》はなかった。高崎さんはいつもと同じように、席について本を読みはじめた。

話しかけようとしたら、高崎さんがバタンと音を立てて本を閉じた。窓《まど》の外を見たまま動かない。窓のむこうには、今にも雨が降《ふ》ってきそうなグレーの空が広がっていた。

そのうち、みんながぞくぞくと教室に入って来た。でも、マコと白松はなかなか来ない。ふたりで何話してんのかな……。

「ねえ、高崎さん……」

横をむいたとたん、つくえの上に置かれた本の表紙が目に入った。そこには、いつも通り〝バスケットボール〟って文字と、見慣《みな》れない〝NBA《エヌビーエー》〟って単語《たんご》が書いてあった。

「えぬ・びー……って、何のこと？」

聞いたとたん、高崎さんがさっと本をつくえにしまって立ちあがった。そして、そのまま教室から出ていってしまった。

「NBAって、アメリカにあるプロバスケットボールリーグの名前だろ？」

パッとふりむいたら、しなじゅんが立っていた。

ひえー、プロ。あ、アメリカ！

「そっか。だから、アメリカに行きたいんだ！」

「お？　高崎《たかさき》、ついに父さんのとこ行くのか？」

ん？　お父さん？

「何、お父さんアメリカにいるの⁉」

あたしはしなじゅんのT《ティー》シャツをひっぱった。

「あれ、聞いてないの？」

しなじゅんがびっくりした顔でいった。

「どういうこと？」

あたしがそういうと、

「いやー、そういうことは、本人から聞いた方が……」

「あとで本人にも聞くから、ちょっと先に教えてよっ」

そういって食いさがったんだけど、しなじゅんは「まあまあ」とかいってさっさと用具をしまうと、前の方へ歩いていってしまった。

ちょうどその時、教室に入ってきたマコと白松《しらまつ》の姿《すがた》が見えた。あたしはすぐにふたりの席へいった。白松が、少しこまったような顔であたしを見る。でも、マコは一切《いっさい》こっちを見なかった。

「あのさ、マコと話してたんだけど……。うちら、朝練やめようと思うんだ」

「え、何で⁉」

「その……、ちょっと高崎《たかさき》さんとはあわないっていうか……」

「もっとはっきりいえば？」

マコが白松の言葉をさえぎる。

「高崎さんはうちらのこと、チームメイトだって思ってないんだよ。そんな子と何するっていうの？」

マコがそういってあたしを見る。

「だいたいあすかは、あんなふうにいわれても平気なの⁉」

「平気じゃないよ。平気じゃないんだけど……」

あの時、ゴールを見てた高崎さんの横顔を思い出すと、自分も朝練をやめるとは何となくいえなかった。

でも、マコたちの気持ちもわかるんだ。

高崎さんはあたしたちを、チームメイトって認《みと》めてない。そんな子と練習したくないって思うのは、しかたないと思う。じゃあ、どうすればいい？　また前みたいに、クラブの日だけいっしょに練習する？　そうすれば何も変わらないわけだし。でも……。

ほんとうにそれでいいのかな……。

頭ではそう思うものの、結局《けっきょく》あたしは何もいえなかった。


「マジでこれから、どうなるんだろうって感じ」

今日《きょう》の夕ごはんは、我《わ》が家《や》人気のカレーライス。お母さんがいろんなスパイスを調合してルーから作る。うまいんだよねぇ、これが。

「なんか気持ちがモヤモヤしてるから、汗《あせ》かいてふっとばそうと思ってたのに、雨が降《ふ》ってきちゃって自主練はなしになるしさ。高崎さんは、何度話しかけても何にもいってくれないしさ」

「何か思うところがあるのね、きっと」

お母さんがテーブルにサラダを置きながらいった。

「あるとしても、いってくれなきゃわからないじゃん」

「でも、いいたくないこともあると思うな」

みやびがポツンという。そういえばみやびも、何でもかんでもしゃべったりしない方だっけ。

「人なんて、そうそうかんたんに変わらへんて」

カレーをモリモリほおばりながら、お父さんがさらっといった。もうっ、人ごとだと思ってさ。あたしは思いっきりにらんでやった。

「何や、そう怒《おこ》らんでも」

お父さんはそういって、ビールをグイッと飲んだ。

「てことで、これからってことやわ」

お父さんがニンマリと笑う。おいおい、人の話聞いてたのかね⁉

「だーかーらっ。これからも何も、思いっきり前の状態《じょうたい》にもどったんだってばさ！」

「ちゃうちゃう。ちゅーても、犬ちゃうで！」

そんな古くさいダジャレをそんな得意気《とくいげ》にいわれても。はっきりって、スベッてるんですけども。

何もリアクションしないあたしたちを見て、「まあまあ」といいながら、またお父さんが話しだした。

「そもそも一匹《いっぴき》オオカミやった高崎《たかさき》ちゃんが、朝練をいっしょにするようになってたんやろ。大いなる前進やんか」

一匹オオカミって！　しかも高崎ちゃんとか、何親しげに呼《よ》んでんのよっ。その上、この状況《じょうきょう》でも前進してるっていうんだ……。あいかわらず、すごいポジティブシンキングだな。

「で、みんなもいい感じやなーって思ってたのに、高崎ちゃんがチームメイトちゃう！ゆーて、マコはそれ聞いてプンスカしてもーて。さて。ほんなら、これからどうするか」

そうだよ、そこが肝心《かんじん》よ。あたしたちの視線《しせん》がお父さんに集まる。

「もういっぺん、しきりなおしやな」

これまたドヤ顔でいいはなったお父さん。

「だーかーらーっ。だんまりの高崎《たかさき》ちゃんと、プンスカしてるマコが、どうやってしきりなおしするのさ⁉　そんなチャンスあるわけないじゃん！」

てか、そもそもしきりなおしって何⁉

相撲《すもう》じゃないっつーの、ミニバスだっちゅーの！

「ホンマにぃー？」

またもニンマリと笑うお父さん。まったく。

お父さんのいうことって、ときどき、意味わかんない時があるんだよね……。

11

それぞれの思い

つぎの日の朝練。高崎《たかさき》さんはいつもどおり来ていた。でも、ほんとうにマコたちは来なかった。

「これから……どうなるんだろうね？」

シュート練習をはじめた高崎さんに話しかけたけど、無視《むし》された。

なんかこっちだけしゃべろうとしてるのがバカバカしくなって、あたしも無言《むごん》でシュート練習をはじめた。

そしたら、今日《きょう》は何度も空中でボールがぶつかった。多分それは、高崎さんもあたしも、自分のペースで勝手にシュートしてるからだ。

自分もやっといて何だけど、高崎さんにシュートでの会話まで拒否《きょひ》された気がして、心の奥《おく》がズーンと重くなった。

教室へ行くと、マコと白松《しらまつ》の姿《すがた》が見えた。あたしはすぐにふたりのところへ行った。

「今日《きょう》もいっしょに朝練したの？」

マコがさっそく聞いてきた。

「うん……」

「あすかって、すごいね」

「何が？」

「心が広いってこと。わたしにはまねできない」

いつもより低《ひく》めのマコの声。あきらかにムッとしている感じだった。

「ちょっと、やめなよ」

白松の言葉に、マコはふいっと顔をそむけた。

あたしは高崎《たかさき》さんを見た。高崎さんはいつもと変わらず、自分の席で本を読んでいた。

「……高崎さんはさ、わたしたちとの間にかべを作ってるんだよ」

突然《とつぜん》、マコがそんなことをいいだした。

「かべ？　どうして？」

「知らない。でもとにかく、高崎さんがそれをなくしてくれないかぎり、むりってこと」

マコが真剣《しんけん》な顔であたしを見る。

「じゃあ、うちらがそのかべを飛びこえていけば……」

「何でわたしたちがそこまでしないといけないわけ！」

マコがあたしの言葉をさえぎった。

「……あのさ、高崎さんと朝練するのムカつく？」

「だったらどうするの？」

マコがじっとあたしを見る。あたしは何も答えられなかった。

授業《じゅぎょう》のあと、三人で体育館へ行った。マコはほとんど口をきかない。気まずい雰囲気《ふんいき》の中、シュート練習がはじまる。開けっぱなしにしてたドアから、セミの大合唱《だいがっしょう》が聞こえてきた。

もーっ、うるさい！

扉《とびら》を閉めようと思ったら、高崎《たかさき》さんが入ってきた。高崎さんはバッシュをはくと、すぐにシュート練習をはじめた。そのとたん、マコが高崎さんとは反対側のゴールに移動《いどう》していった。

「あーあ……」

ため息といっしょに、思わず口から出た。

考えるのがいやになったあたしは、ジャンプシュートに集中した。

「はーい、練習はじめるよー」

体育館に入ってきた宮本《みやもと》先生がさけぶ。

「あすか、集合だよ」

ひとりでしつこくシュートしてたら、白松《しらまつ》が声をかけてきた。

あたしは最後のつもりで、ジャンプシュートした。

あっ、今のこの感じ！

空中で止まってからシュートできた気がする！

「いつまでやってんのー」

先生がさけぶ。

「あと、もう一本！」

あたしはそういって、ゴールにむかってボールをかまえた。

「ダーメっ。今日《きょう》は男子が来るから、これで終わり」

先生はそういって、ボールを持っていってしまった。

基礎《きそ》練習のあと、男子たちが体育館に入って来た。今日は月一回、サッカークラブの男子たちが、試合形式の練習につきあってくれる日だ。

「はーい、五対五やるよー」

先生がさけぶ。

「はいっ」

みんなといっしょに返事をしたあと、思わずごくんとつばを飲みこんだ。

ジャンプシュート、やってみよう！

さっきのシュートで、タメの感覚がわかった気がするんだ。練習試合でジャンプシュートをしたことはないけど、この感じをわすれたくない！

コートのまん中にあるセンターサークルを、男子とあたしたちでかこむ。あたしの横は、なぜかしなじゅん。目があうと、ニッと笑いかけてきた。

何だよ、そのよゆうな態度《たいど》は。

あたしは右手を出して、しなじゅんの体をおさえた。しなじゅんが、「おっ」とつぶやく。笹川《ささがわ》あすか、なめるなよ。今日《きょう》のあたしはちょっとちがうんだ！

そんな感じで、やる気はじゅうぶんだったんだけど……。

ラストの第四クォーターまで、ジャンプシュートどころかシュート一本決めてなかった。そんなあたしとは正反対に、高崎《たかさき》さんはひとりでどんどんシュートを決めていた。

今日の高崎さんは、いつも以上に気合いが入ってる。さっきなんて、白松《しらまつ》からパスをもらったと思ったら、その場からすぐに超《ちょう》ロングなジャンプシュートを打ってたし。もちろんボールはまっすぐリングを通過《つうか》。パシュッと音を立てながらネットがゆれた。

うーっ、あたしもあんなふうにジャンプシュートを決めたい！

「あすかっ」

突然《とつぜん》マコに呼《よ》ばれた。パッと顔を上げると、目の前にボールが転がってきた。ボールを拾ったあたしは、その場からジャンプシュートした。

ちがう、こうじゃない！

そんなことを考えてるうちに、手からはなれたボールがリングにあたった。

はねかえったボールを拾った男子が、ロングパスを出した。パスをキャッチしたしなじゅんが、シュートを決めた。男子たちの歓声《かんせい》が上がる。

「ドンマイ！」

白松がそういって、あたしの肩《かた》にポンッと手をのせた。

走りながら、自分のほっぺたをパンパンッとたたく。

気合い入れろ、笹川あすかっ。

「あと一分です！」

時計係の五年生がさけんだその時、白松からパスが来た。ボールをキャッチしたとたん、少し先でマコがパンパンッと手をたたくのが見えた。

マコの方がゴールに近い。でも、目の前にディフェンスはいない。

あたしはその場でひざを曲げると、ボールを頭の上にかかげてジャンプした。でも、ボールをはなすタイミングがはやかった上に、ゴールから遠すぎてボールは届《とど》かなかった。そのまま落ちてきたボールを、男子がキャッチする。

ヤバい、また取られた！

そう思ったとたん、ドリブルしようとした男子のボールを、マコがカットした。

白松《しらまつ》がさけぶ。マコがすぐに白松にパスした。白松はボールをキャッチすると、ゴールに走りこんでシュートした。

「ナイスカット！」

ピーッ。

試合終了《しゅうりょう》のホイッスル。あたしは、その場にしゃがみこんだ。

あとかたづけのあとも気分が晴れない。

男子との試合には勝った。

でも結局《けっきょく》あたしは、ジャンプシュートを一本も決められなかった。

「あすか。さっき、どうしてパスくれなかったの？」

体育館シューズをぬいでたら、マコが強い口調《くちょう》で聞いてきた。

「え、パス？」

いっしゅん、マコが何をいってるのかわからなかった。

「……ほら、最後。マコにパスしないでシュートしたでしょ」

白松がそういってあたしを見た。

「ああいう場合は、ゴール近くのメンバーにパスすべきだよ。パスだって、シュートと同じぐらいだいじなプレーなんだからね」

マコの声はあきらかに怒《おこ》っていた。

「あすかのシュートしたい、っていう気持ちはわかるけどね」

白松がじっとあたしを見ながらいった。

「だけど、ミニバスはチームプレーでしょ。ひとりが勝手なプレーしたら、みんながめいわくするんだから！」

「でも、あすかもがんばってるんだし……」

「もうっ、白松《しらまつ》！　こんな時までいい子ぶるのはやめてよ！」

マコがパッと立ち上がって、白松を見下ろした。

「……じゃあマコも、こんな時までごまかすのやめなよ」

白松がそういって、ゆっくりとマコを見上げる。

「あすかのプレーが勝手なら、高崎《たかさき》さんもでしょ」

白松のその言葉に、マコはさっと視線《しせん》をそむけるとそのままだまりこんだ。多分聞こえてるんだろうけど、少し先にすわってる高崎さんは、無言《むごん》のままバッシュをぬいでいた。いつもとはちがう、白松の真剣《しんけん》な顔。

「あの白松、なんかごめん。あたしが勝手に……」

いやな予感がして、とっさにあやまった。でも、そんなあたしに、白松が手をのばしてストップをかける。

白松はゆっくり立ちあがると、高崎さんの前に行った。バッシュをかたづけていた高崎さんが顔を上げる。

「そんなにわたしたちって、あてにできない？　高崎さんも最後のジャンプシュート、

ゴール前にマコがいたのにパスしなかったよね。マコだけじゃなくて、わたしがいた時もあったけど、やっぱりパスはくれなかった」

「あれは、入ると思ったからシュートした。実際《じっさい》ちゃんと決めてるし」

そういいながら、高崎《たかさき》さんも立ちあがる。

「……たしかにそうだけど」

「ゲームだって勝ったし、わたしのプレーがめいわくかけてるとは思わない」

高崎さんが腕組《うでぐ》みしながらいった。白松《しらまつ》はふうっと息をはきだすと、高崎さんをまっすぐ見上げながらいった。

「あのさ、わたしたちとプレーしてて楽しい？」

高崎さんは少しだまりこんだあと、じっと白松を見ながら答えた。

「楽しくないっていったら？」

「だったらいいよ、来なくて！」

マコがあたしの横からさけんだ。

「了解《りょうかい》」

高崎さんはそれだけいうと、足もとの荷物に手をのばした。

「ちょ、ちょぃ待ち！」

あたしは高崎さんの腕《うで》にしがみついた。

「何それっ、クラブやめちゃうの⁉」

高崎さんはあたしの顔を見ると、

「どっちみち、やめるつもりだったから」

そういって、あたしの手を自分の腕からひっぺがした。

「何さわいでんだよ。みんな見てるぞ」

後ろからしなじゅんの声がした。まわりを見ると、五年生や四年生、男子たちまで、じっとあたしたちを見ていた。

「どうしたのー、なんか問題？」

用具準備室《じゅんびしつ》から顔を出しながら、宮本《みやもと》先生が聞いてきた。

「何でもないです！」

あたしは先生にむかってさけんだ。ふと見ると、高崎さんが扉《とびら》から出ていくところだった。

「あのっ、あたしも帰るね」

荷物をひっつかんで、扉《とびら》にむかって走った。

「高崎《たかさき》さん！」

すのこの上で、スニーカーをはきおえた高崎さんがふりかえる。

「あのさ、あの……もとはといえばあたしが高崎さんのまねして勝手にジャンプシュートなんかしちゃったからだよね⁉　だからマコが怒《おこ》ってあんな話になっちゃって……。

ほんとう、ごめん！」

あたしはそういって、頭を下げた。

「ごめんって何」

高崎さんがしずかにいった。

「だから、あたしが……」

「あんたのせいだったら何なの？」

はっきりそう聞かれて、思わず言葉につまった。

「ていうかあれ、ジャンプシュートじゃないよ」

「えっ」

「誰《だれ》もジャンプシュートなんて、思ってないってこと。だいたい、そんだけ練習してできないならむりってことだよ」

高崎さんはそういうと、校門にむかって走りだした。追いかけなきゃって頭では思うものの、足がちっとも動かない。

高崎さんの後ろ姿《すがた》を見ながら、あたしはその場に立ちつくしていた。


「あすか、ジャンプシュートの調子はどないや」

夕ごはんの酢豚《すぶた》を食べてたら、お父さんに聞かれた。

「……べつに」

「なんや、キレがないな。ビールはキレが命やで」

何がおもしろいのか、グラス片手《かたて》にガハガハ笑ってる。

「どうしたの？　何かあったの？」

みやびが心配そうな顔であたしを見る。

「……ジャンプシュート、むりだっていわれた」

「おー、だから落ちこんでんのか。スポ根《こん》やなー」

お父さんが、ニヤニヤしながらいった。

もーっ、何この人！　脳天気《のうてんき》だしっ、ザツだしっ。

あれ？　このセリフどっかで……いや、どうでもいいよそれは！

とにかくそのあとは一切《いっさい》、お父さんとしゃべらなかった。

夕ごはんのあと、二階の勉強部屋で寝《ね》ころんでたら、

「あすかー、今日《きょう》はジャンプせーへんのかー？」

と、階段《かいだん》の下からお父さんの声が聞こえた。

「そんな練習、意味ない！」

「なんでやねん。おーい、あすかー。おーいっ、おーい！」

あたしは両手で耳をふさぐと、ぎゅっと目を閉じて背中《せなか》を丸めた。

12

バラバラなあたしたち

「おはよう。あすか、ちょっといい?」

教室に入ると、白松《しらまつ》がすぐに話しかけてきた。その後ろには、口をぎゅっと閉じた顔で立っているマコがいた。

「うん……」

ランドセルをつくえに置きながら、チラッととなりの席を見た。高崎《たかさき》さんはいつもどおり。席にすわってバスケの本を読んでいる。あたしは小さくため息をつくと、白松たちのあとにつづいて廊下《ろうか》へ出た。

「何?」

話しかけても無言《むごん》のまま立ってるマコを、白松がひじでつっつく。

「昨日《きのう》は……ごめん」

マコがうつむいたまま、しゃべりだした。

「え？」

「あれはやつあたりだった。高崎《たかさき》さんのことでイライラしてて、あすかにあたったたっていうか……」

まさかあやまられるとは思ってなかったから、正直ひょうしぬけした。

「でも、プレーについていったことはまちがってないと思う。あの時は、シュートする前にわたしにパスするべきだったと思うし」

顔を上げたマコが、はっきりとそういった。

「うん、そうだね。ごめん」

シュートか……。

マコもやっぱり、ジャンプシュートだとは思わなかったんだな。

「それで、あれからどうしたの？」

白松《しらまつ》が横から聞いてきた。

「どうしたって、何が？」

「その……高崎さんと。昨日、すぐ追いかけていったし」

「あー。もういなかったから、しゃべってなくて……」

なぜだかあたしは、とっさにうそをついた。

「今日《きょう》も朝練行ったの？」

マコがそういってじっとあたしを見る。

「今日は……行ってない」

「もうやめたら？　わたしたちと自主練してたら大丈夫《だいじょうぶ》だよ。体力だってついたしさ。それに、高崎さんはクラブもやめるんだし」

「そうだよね……」

そう答えたものの、肯定《こうてい》してるのか否定《ひてい》してるのか、自分でもよくわからなかった。

結局《けっきょく》、あたしはつぎの日も朝練に行かなかった。

朝、教室に行くと、高崎さんは席にいたけど、こっちを見もしなかった。何もいわずに自分の席につく。そのとたん、高崎《たかさき》さんが教室から出ていった。

「なあ、あれからどうなったの？」

高崎さんがいなくなったとたん、前の席からしなじゅんが聞いてきた。

「……何が」

「だから、ほれ」

そういって高崎さんの席を見る。

「べつに何もないけど」

あの場にいただけに、心配してくれてるんだってのはわかる。でも、何となくあたしたちのことは、ほかの人に話したくなかった。

「じゃあ、何でため息ついてんだ？」

「は？　ついてないって」

そういいながらギクッとした。あたし、無意識《むいしき》にしてたんだ……。

「高崎から、父さんの話とか聞いたのか？」

お父さん？　あ、アメリカにいるとかっていう……。

高崎さんとそんな話はしてないけど、とりあえずあたしはしなじゅんにむかってうなずいておいた。

「高崎はさ、くやしいんじゃないか？　自分だけ日本に置いていかれて」

何それ、どういうこと？　〝だけ〟ってことは家族は……。

「アメリカって、小学生ひとりだと留守番《るすばん》できないんだってな。あいつん家《ち》、母さんいないだろ。だからしかたなくじいちゃんの家に来たって、うちの母さんがいってた」

お母さんいないんだ……。そういえばあたし、高崎さんの家のこととか全然知らない。

話する時って、いつもミニバスのことだったし。

「しかも、マコたちとはいろいろとあるみたいだしさ。だからほれ、そこを笹川《ささがわ》のヘンなパワーでまきこむっつーかさ」

「ちょっと。ヘンなって何よ」

ムッとした顔でいったとたん、高崎さんが席にもどってきた。思わず視線《しせん》をそらしたら、しなじゅんと目があった。あたしはふうっと息をはきだすと、高崎さんに話しかけた。

「あのさ……」

「やめるんでしょ、朝練」

高崎《たかさき》さんが、あたしの言葉にかぶせるようにいった。そんな話をするつもりじゃなかったけど、かといってやめないともいえなくて、無言《むごん》のままじっと高崎さんを見ていた。

「わたしには関係ないけど」

高崎さんはそういうと、またしずかに本を読みだした。

「はーい、集合ーっ」

宮本《みやもと》先生が体育館に入って来た。また今日《きょう》も練習がはじまる。

「はあ……」

あ、またため息ついてた。いかん、こんなことじゃ！

両方のほっぺたを、ぱちんとたたいた。

「はあ……」

気づいたら、また大きなため息をついていた。

もーっ、しなじゅんがあんなこというから、気になっちゃうじゃんか！

「あすか、パスは一歩前に出てもらう！」

ふたりずつオフェンスとディフェンスにわかれてやる二対二の練習中に、また宮本先生に注意された。これでもう何度目だろう。

「それと、考えなしにすぐパスを出そうとしない！」

「……はい」

あーあ。パスってほんとうにむずかしい。シュートみたいに、気持ちいいっていう感覚もないしさ……。

「何か調子出ない？」

コートを出たら、後ろから白松《しらまつ》に話しかけられた。

「うーん、そうなのかな」

そういったきり、会話がつづかない。いかん、いかんぞこんなことじゃ！

「まあ、そんな日もあるよね！」

あたしはそういって、へヘッと笑った。

「マコにいわれたこと、気にしてる？」

「え、何？」

「ほら……、パスのことでさ」

「あ、気にしてないって全然！」

そう、それはほんとうにちがうんだ。ていうか、何なら今までわすれていたくらいで。

じゃあ、何でこんなにテンションが低いのか。正直、自分でもよくわからない。

「でも、何かようすおかしいし……。しかも昨日《きのう》の自主練の時も今日《きょう》も、ジャンプシュートの練習してないしさ」

白松《しらまつ》が心配そうな顔であたしを見る。うっ、白松ってばするどい……。

「ちょっと中断《ちゅうだん》。なんかスランプっていうか」

あたしはそういって笑ってみせた。でも、口のはしがひくってひきつった気がして、すぐに白松から顔をそむけた。

「こら、そこ集中！」

宮本《みやもと》先生がさけぶ。白松との会話が中断《ちゅうだん》して、どこかホッとしてる自分がいた。

「レイがクラブやめるっていってきたけど、何かあったの？」

練習のあと、宮本先生がいった。

五年生や四年生が、あたしたちを見てコソコソと話をしている。先生がふうっと息を大きくはきだした。

「来月には大会もあるけど、レイがやめるってこと、みんなはどう考えてる？」

「……やる気がないならしかたないと思う」

マコがたんたんといった。それを聞いてみんながザワつく。

「みんなは？　同じ意見？」

あたしと白松は顔を見合わせた。しばらくして、白松が小声で「はい」と答えた。でも、あたしは何もいえなかった。

「高崎《たかさき》さんは……すごくじょうずだけどしゃべらないし、なんか緊張《きんちょう》する」

ひとりの五年生が突然《とつぜん》いった。

「うん。ちょっとこわい。パスとかも強くてはやいし」

今度は四年生の子までそんなふうにいったりして、そばにいた子たちがうなずいていた。それからどんどんみんなが話しだして、そのほとんどが高崎《たかさき》さんに対する不満《ふまん》だった。しかも最後には、マコの意見に賛成《さんせい》だという声まで上がった。

ただマコは、そんなふうにいわれても、特によろこぶでもなく無表情《むひょうじょう》のままだった。

「そう、わかった。でも……」

先生はあたしたちを見まわすと、

「レイ、ひとりでも練習はつづけるって。それは伝えとくから」

と、しずかにいった。

いつもの帰り道。

あたしたちは無言《むごん》で家に帰った。

13

一対一

つぎの日学校に行くと、マコと白松《しらまつ》がすぐにあたしの席まで来た。

「今日《きょう》さ、バッシュ買いにいかない？」

マコが笑顔でいった。

「バッシュ？　誰《だれ》の？」

「あすかのに決まってるよ」

白松がそういって笑った。

「ほら、バッシュ買うと気分も変わると思うし」

マコがそういいながら、あたしの肩《かた》にやさしく手を置く。

そっか。きっと白松が、ジャンプシュートのことをマコに話したんだ。

それに……もしかしたらマコたちも、気分を変えたいのかもしれないな。昨日《きのう》あんな話したばっかりだし。

「そうそう。バッシュ買ったらさ、またジャンプシュートの練習もやりたくなるって」

白松《しらまつ》のその言葉に、胸《むね》がドキッとした。

今の絶対《ぜったい》、高崎《たかさき》さんに聞こえてるよね？

あたしはチラッと高崎さんを見た。でも、高崎さんはこっちを見ることもなく、しずかにすわって本を読んでいた。

「あー、でもほら、お母さんにも聞いてみないと……」

「いっしょに家まで行って、あたしたちからもたのんであげるよ！」

マコがすぐにそういった。

「えっ、そんないいよ。悪いし」

「大丈夫《だいじょうぶ》だって。今日《きょう》は練習ないしさ」

「でも、自主練は？」

「あすかのバッシュ買う方がだいじ！」

白松までそんなふうにいってくれて、もうことわる理由なんかなかった。

「じゃあ……そうしようかな」

「よし、決まりね！」

マコがニッコリと笑った。

学校のあと、マコと白松はほんとうにうちまで来てくれて、バッシュのことをいっしょにお母さんにたのんでくれた。お母さんは、いきなりふたりが来たことにおどろいてたけど、すぐに笑顔で了解《りょうかい》してくれた。

それから三人で、学校の近くにあるスポーツ店へ行った。

「どれにする、あすか？」

スポーツ店のたなにならんだバッシュを見ながら、マコが聞いてきた。

「うーん、そうだね……」

その時あたしの頭に、「どれでもいいや」って言葉が頭に浮《う》かんだ。

実はバッシュを見ても、心がはずまない自分がいたんだ。

「マコたちはどれがいいと思う？」

「えーっと、そうだな。わたしたちは、このバッシュはいてるけどね」

マコが指さしたのは、横に赤いラインが二本入ったバッシュだった。

「そっか。じゃあそれにするよ」

「えっ。もっとゆっくり選ばなくていいの？」

白松《しらまつ》がすぐに聞いてきた。

「うーん。ふたりがはいてるなら、それでいいよ」

お店のおじさんに、さっそくためしばきさせてもらう。サイズもぴったりだったので、買うことにした。

「なんか、思ってたよりもはやく終わったね」

白松がそういって空を見上げる。空はまだまだ明るくて、いつもなら校庭で自主練している時間だった。

「ねえ、せっかくだからさ、ちょっと練習していかない？」

マコがそういって、道の先に見える学校を指さした。

「あー、そうだね。まだ校庭に入れるし。どう、あすか」

「え？　ああ、うん」

あたしはむりやり笑顔で答えた。

校庭に行くと、ゴール前で誰《だれ》かがシュートをしていた。

「あれ……、高崎《たかさき》さん？」

白松がつぶやく。

その時、高崎さんがすっとジャンプした。しなやかにのびた腕《うで》からボールがはなれて、きれいな曲線をえがいて飛んでいく。ボールはリングのどこにもふれることなく、まっすぐネットの中へ落ちていった。

ああ、これだ！

なぜかふと、あたしはそんなふうに思った。

「何でいるの？」

となりでマコがつぶやく。その顔は、完全に怒《おこ》っていた。

突然《とつぜん》マコが走りだす。

「ちょっと！」

白松《しらまつ》がすぐに追いかける。あたしもいっしょになって走った。

「何やってんのよ！」

マコの声に、高崎《たかさき》さんがゆっくりとふりかえった。

「見ればわかるでしょ、練習」

高崎さんが淡々《たんたん》と答える。そして、視線《しせん》をあたしの紙袋《かみぶくろ》にむけた。その時、マコが高崎さんのボールを、両手でもぎとった。

高崎さんがムッとした顔でマコをにらむ。マコはそのボールでドリブルをはじめると、高崎さんの横をすりぬけてシュートした。

そしてゴール下ではねてたボールを拾ってもどってくると、今度はそのボールを高崎さんにパスした。

「ねえ、ふたりとも……」

そういって間に入ろうとしたら、白松があたしの腕《うで》をひっぱった。

高崎さんはトリプルスレットのフォームでボールをキャッチすると、そのままジャンプシュートした。パッと後ろをふりかえるマコ。

ゴールにむかって飛んでいったボールは、そのままリングにすいこまれていった。

マコはボールを取りにいくと、また高崎さんにパスをした。

高崎さんがボールをキャッチする。視線はつねにゴールにむけたままだ。

すばやく左に体を動かすと、マコが高崎さんの動きにつられて左に動いた。それを待っていたかのように、高崎さんがサッと右に動いてドリブルしながらゴールにむかう。

そしてそのままシュート。もちろんボールは、リングをゆらして地面に落ちた。

今度は高崎さんが、ボールをマコにパスした。

マコもトリプルスレットのフォームで受けとると、すぐにドリブルをはじめた。右に動いても、ターンして左に動いても、ぴったりと高崎さんがついてくる。そのうちボールをカットされて、ボールがコロコロと地面を転がっていった。

ふたりはしばらく、無言《むごん》で交代しながら一対一をくりかえした。

でも、マコは一度も高崎さんのディフェンスをぬくことができなくて、シュートを決めるのは高崎さんだけだった。

「もう一本……」

中腰《ちゅうごし》になったまま、マコがつぶやいた。

「もうじゅうぶんでしょ」

高崎《たかさき》さんが、足もとに転がってきたボールを拾いながらいった。

マコがひざの上でグッとこぶしをにぎりしめる。パッと顔を上げたと思ったら、高崎さんのボールをじっと見つめて、ぎゅっと下くちびるをかんだ。

「高崎さんがわたしたちをチームメイトって認《みと》めないのは……、わたしたちがへただから？　レベルがちがいすぎるから？」

マコの言葉に、高崎さんは何も答えなかった。

「でも、それでも……わたしはいっしょに……」

マコはそれだけいうと、目を伏《ふ》せたまま校門にむかって歩きだした。

白松《しらまつ》はチラッとあたしを見ると、そのままマコを追いかけていった。

下をむいて歩くマコの後ろを、少しはなれて歩く白松。

ふたりは一度もふりかえらないまま、校門から出ていってしまった。

「どうして何もいわなかったの？　マコがいったとおりだったから？」

そういってふりむくと、高崎さんはゴールにむかってボールをかまえていた。

「……そう思うのは勝手だし」

高崎さんがシュートした。

「高崎さんって、つごうが悪くなるとすぐ会話からにげるよね」

「何それ」

リングにあたったボールが、大きくはねてとんでいった。

「だっておかしいよ。チームメイトがへただったら、いっしょに練習してうまくなるもんじゃないの？」

「あんたがいっしょに練習すれば？」

地面を転がっていくボールにむかって、高崎さんが歩きだした。

「じゃあ、高崎さんは？　ずっとひとりで練習するの？」

「それが何。あんたが来るまで、そうだったし」

ボールを拾いながら高崎さんがいった。

「でも、まだアメリカには行けないんでしょ？」

そういったとたん、高崎《たかさき》さんがすごい勢《いきお》いでこっちにむかってきた。

「あんたに関係ない」

高崎さんがあたしの肩《かた》を強くおした。

「あるよ、チームメイトなんだから！」

あたしも高崎さんの肩をおしかえした。

「ちがう、チームメイトじゃない」

「そんなの、高崎さんが認《みと》めないだけじゃんっ。それ認めたら何か問題でもあるの⁉」

「あるよっ」

「何！」

「わたしはこんなとこ来たくなかった！」

高崎さんがまっすぐあたしを見た。

耳に、自分の心臓《しんぞう》の音がうるさいくらいドクンドクンと聞こえた。

何て答えればいいのかわからない。

もちろん、どうすればいいのかも。

でも、今ここで高崎《たかさき》さんから目をそらすわけにはいかない。なぜだか知らないけどそう思った。

高崎さんはあたしから視線《しせん》をそらすと、大きく息をはきだした。

「クラブだってやめたくなかった。だから……あんたたちとなじんでいく自分なんて認《みと》められない。絶対《ぜったい》」

絶対、に力をこめて、高崎さんがいった。

そうか……これがマコのいってた〝かべ〟の正体なんだ……。

「でも、みんなで練習した方が楽しいよ」

あたしは両手をぎゅっとにぎりしめた。

そんなことしかいえない自分がなさけなかった。

「ミニバスの楽しさは、そういうことじゃない」

顔をそむけながら、高崎さんがいった。

「じゃあ、どういうのが楽しさなの?」

「やっててわからないなら、説明《せつめい》してもむり」

高崎さんはそういうと、荷物をかたづけだした。

「でも、説明したら……」

「わかってもらわなくていいし」

高崎さんはきっぱりそういうと、荷物を持って歩きだした。

「でも……でもさ、そんな考え方してたらさ！」

あたしは高崎さんの後ろ姿《すがた》にむかってさけんだ。

「ほんとうにひとりになっちゃうよっ。それでもいいの⁉」

高崎さんの足がとまった。

「ひとりになったら、どうだっていうの？」

背中《せなか》をむけたまま、高崎さんがいった。

「ミニバスって、ひとりじゃできないじゃん！　ちがうの⁉」

高崎さんがパッとふりかえった。

「じゃあ、あんたは？」

「……何が」

あたしはつばをごくんと飲みこんだ。

「むりっていわれてジャンプシュートやめるくらいなら、はじめからやりたいとかいわなきゃいい。にげてるのは、あんたの方だよ」

「にげてない！」

思わずカッとなって、自分でもびっくりするぐらいの大声が出た。

「どこが？」

高崎《たかさき》さんがそういって、ふふんっと笑った。

「バッシュ買う気もなくなってたくせに。人に意見する前に、まずは自分だよ」

「わかってるよ、そんなの！」

気づいたら、高崎さんの横をかけぬけていた。

買ったばっかりのバッシュが、箱の中でカタカタと鳴った。

その音を聞くのがいやで、あたしは箱がつぶれるほどかかえこんで、家まで猛《もう》ダッシュした。

14

高崎《たかさき》さんを追いかけて

「どうしたの、あんまり食べてないわね」

お母さんがそういって、あたしのお皿を見た。

夕ごはんは大好物のクリームシチュー。いつもならおかわりするんだけど、今日《きょう》は半分食べたところでスプーンを置いた。

「練習でつかれたの？」

みやびが横からのぞきこむ。

「……ミニバスが楽しくない」

「バッシュ買っても、気分が乗らないの？」

お母さんの言葉に、あたしは小さくうなずいた。

「おっ。何かなやんでるわけや。青春やなー」

「ふざけないでよっ」

あたしはヘラヘラ笑ってるお父さんを、思いっきりにらんだ。

「そない怒《おこ》んなや。ほれ、そーいう時こそ、思い出すねん」

「……何を」

「ミニバスが楽しいって思ったんは、何でやったかな？　おーっ、そうや、ジャンプシュートや！」

お父さんが「シュッ」といいながら、シュートフォームのまねをした。

「もーっ、何も知らないくせにほっといて！　いま考えてんだからっ、いろいろと！」

「ほー。で、考えてもわからへんから、落ちこんでるんやろ？」

めずらしくするどい指摘《してき》に、思わず言葉につまった。

お父さんは「ほれ」といいながら庭を指さすと、

「なやみぶっとばす勢《いきお》いで、思いっきりジャンプしたれ！」

そういって、ガッツポーズをした。

「もうちょっとやなー、ほんまに」

鈴《すず》のついた木のすぐそばで、腕《うで》を組みながらお父さんがいった。

あたしは腰《こし》に手をあてて、鈴を見ながら息を整えていた。

こうやって何回もジャンプしてると、頭がからっぽになっていい。そう思ったとたん。

――にげてるのは、あんたの方だよ。

高崎《たかさき》さんの言葉が、パッと頭をよぎった。

にげてない、そういうことじゃない！

あたしは頭をブンブン横にふった。

頭の上で、シャリンと小さく鈴がなった。さっきより、風が出てきたみたいだ。その時、ふと思ったんだ。

いま鈴にふれられたら、ジャンプシュートができる！

あたしは、鈴にむかって走りだした。

たのむから。今日《きょう》だけでもいいから、さわらせてよ！

もうこれ以上ないってくらい、思いっきりジャンプした。

ぶんっと音がして、手が空を切った。

体中の力が抜《ぬ》けて、あたしはその場にすわりこんだ。

「もう一回、やってみ」

中腰《ちゅうごし》になったお父さんが、あたしの顔をのぞきこんだ。

「やだ。結局《けっきょく》……、あたしなんか、ダメってことだよ」

そもそも運動が苦手なあたしに、ジャンプシュートができるわけない。

なんかもう、全部のことがどうでもよくなった。

高崎《たかさき》さんも勝手にすればいい。

ひとりがいいなら、ひとりでやればいいんだ。

「ほれ、見とったるから」

しゃがみこんだお父さんが笑顔でいった。あたしはしばらく無言《むごん》のまま、じっとお父さんのサンダルを見ていた。

「な、あすか。もう一回だけジャンプしてみ」

かたい地面のせいでお尻《しり》が痛《いた》くなってきた。お父さんも、さっきからずっと同じ場所にしゃがみこんでる……足、痛くないのかな。

あたしはため息をつきながら立ち上がると、鈴《すず》を見ながらゆっくり後ろに下がった。

すうっと息をすいこんで、いっきに走りだす。鈴の下で、思いっきり沈《しず》みこんでジャンプした。

そしたら風が吹《ふ》いたんだ。ほんの少しだけ、枝《えだ》が下がった。うそっ。

シャンシャンシャンッ。

鈴の冷たさを指先に感じた。あたし、たしかにさわった、今！

「うぉーっ、届《とど》いたやん！」

両手を上げて、お父さんがさけんだ。

「やった……」

あたしは、その場にへたりこんだ。

お父さんが出した手に、自分の手を合わせる。パチンッといい音がした。そのうちあたしたちは、どちらからともなく笑いだした。

もう、うれしくてうれしくてしかたない。なのに、いつのまにかあたしの顔はゆがんでいて、ポロポロと涙《なみだ》が出ていた。

「あすかがあきらめへんかったから、鈴《すず》の方から近づいてきてくれたんや。えらかったな。ようがんばったな」

お父さんが、T《ティー》シャツのすそであたしの顔をゴシゴシとふいた。

「いいよぉ」

そういってはらいのけたら、すそについた鼻水が、びよーんとのびた。

それを見て、またふたりで笑った。

つぎの朝、パッと目がさめた。目ざまし時計を見たら、まだ七時前。寝《ね》ているみやびを起こさないように着がえると、急いで玄関《げんかん》へむかった。

「土曜日の朝から、どこ行くの？」

玄関でくつをはいてたら、うしろからお母さんに聞かれた。

「……高崎《たかさき》さんの家」

「ダメよ。せめて九時になってからにしなさい」

お母さんはそういって、あたしの腕《うで》をグイッとつかんだ。

「こんな朝はやくから行ったら、おうちの人にごめいわくでしょ」

ん？　お・う・ち⁉　あたし、高崎さんち知らない！

「お母さん、中郷《なかごう》ってどこ？」

「中郷？　高崎さんのおうち、中郷にあるの？」

「そう。はやく教えて！」

「じゃあ、九時になったらね」

お母さんが、ニッコリ笑ってそういった。

二時間後、ようやく教えてもらったあたしは、自転車で中郷へむかった。猛《もう》スピードで走ってたら、後ろから名前を呼ばれた。

誰《だれ》だよ、この急いでる時に！

自転車を止めてふりかえったら、でっかいバックパックを背負《せお》ったしなじゅんが立っていた。

「そんなに急いで、どこ行くんだ？」

ったく、あいかわらずヘンな時に出てくるんだから！

「中郷《なかごう》！　じゃっ」

「マジ？　ちょっと待って！」

そういって、自転車の荷台をつかんだ。

「ちょっ、急いでんだけど！」

「このバックパックに、親せきからもらった米が入ってて、すげー重いんだ。自転車のカゴに入れて、うちまで運んでくれない？」

そういって、しなじゅんがヘラッと笑った。

「だから急いでるって……もうっ。あんたさ、人の話聞いてる⁉」

「オレんち、中郷なんだ」

「えっ。じゃあ、高崎《たかさき》さんち知ってる？」

「へ？　となりだけど」

目をパチクリさせながら、しなじゅんがいった。

うわ、ちょうどいいじゃん。中郷まで行ったら、誰《だれ》かに聞こうって思ってたし。

「わかった。運んでやる」

「やった、ありがとう！」

しなじゅんはさっそくバックパックをカゴに入れると、自転車の横を歩きだした。

「ちょい待ち。しなじゅんが、自転車おすのに決まってんじゃん。世の中、それほどあまくないよ」

あたしはそういうと、自転車をしなじゅんにおしつけて歩きだした。

「てかさ、何でしなじゅん、自転車乗ってきてないわけ？」

「乗ってきたんだけど、とちゅうでパンクしたんだ。だから親せきの家に置いてきた」

「ふーん。まぬけだね」

「それよりさ、高崎に何の用なの？」

カゴの重みでよろよろしながら、しなじゅんが聞いてきた。

「……関係ないでしょ」

と答えたものの、実は自分でもはっきりわからなかった。でも、考えてもわからない時はとにかく動けって、誰かがいってた気がするし。

「ま、いいんだけどさ。友だちが来たら、じいちゃんがよろこぶだろうな。ほら、高崎《たかさき》ってみんなと遊ばないだろ。じいちゃんが心配してるって、うちの母さんがよくいってんだ」

「高崎さんって、どうしてお母さんいないの？」

「あれ？　そーゆーこと聞いてないの？」

しなじゅんがこっちを見る。あたしは返事をしないまま、前をむいた。となりから、しなじゅんのため息が聞こえた。

「高崎の母さん、ずいぶん前に病気で死んじゃったんだ」

「で、お父さんは今、アメリカにいるんだよね？」

「そうだよ。大学の先生で、研究のためだってさ。まあ、高崎はそのうち絶対《ぜったい》行くでしょ。バスケっていえばアメリカだし、プロリーグもあるしさ」

「ええっ、プロリーグに入るの!?」

ってコイツ。人が真剣《しんけん》に話してんのに、何笑ってんのよ。

「いやー、笹川《ささがわ》ってほんとうにおもしろいよな。なんでそう思うかなってこと、いうからさ」

肩《かた》をふるわせながら、しなじゅんがいった。

「また、ヘンだっていいたいわけ」

「ほめてるんだけどなー。まあいいや。それと、いくら高崎がうまくても、さすがにまだプロには入れないって。だろ？」

「……ふん。ちょっといってみただけだし」

あたしを見ながら、しなじゅんがニヤニヤした。

「ほい、ついたよ。そっちが高崎んちね」

あたしは生けがきにかこまれた家をまじまじと見た。

「もしかしてビビってるとか？」

その場で立ちどまってたら、しなじゅんが顔をのぞきこんできた。

「そんなわけないじゃん」

あたしは腕組《うでぐ》みしながら答えた。

「あ、そう。じゃあ」

しなじゅんがそういったとたん、高崎《たかさき》さんの家のひき戸がガラッと音をたてて開いた。

家から出てきた高崎さんが、まっすぐあたしを見る。思わず、のどがゴクッと鳴った。

「まだ何かいいたりないわけ？」

玄関《げんかん》の前で手首と足首をまわしながら、高崎さんがいった。

「そうじゃなくて、えーっと……」

その時、高崎さんの服装《ふくそう》が練習の時と同じだって気づいた。しかも、ボール入れをななめがけしてる。

「これから何するの？」

「……ランニング」

「ボール持って？」

高崎さんは何もいわずに屈伸《くっしん》をはじめた。

「あたしも走る！」

高崎さんが顔を上げてあたしを見た。

「は？　勢《いきお》いで何いってんの？」

「勢いは、あたしの才能《さいのう》だしっ。しなじゅん、自転車よろしく！」

「おっ、おう！」

しなじゅんが自転車を受けとる。あたしは高崎さんの横で、同じように屈伸をはじめた。

今日《きょう》こそ、となりで走る！

あたしは、高崎さんの横にならんだ。高崎さんがチラッとこっちを見る。

「がんばれーっ」

背中《せなか》から、しなじゅんの声。

あたしは高崎さんといっしょに走りだした。

15

ふたりの距離《きょり》

高崎《たかさき》さんのとなりで必死に走る。

息が上がって、苦しくなってきた。でも、高崎さんはよゆうそうだ。

気づいたらふたりの間に距離《きょり》ができてて、あたしは高崎さんの背中《せなか》を見ながら走っていた。

力をふりしぼって、スピードを上げる。

なのに、どんどんひろがってく距離。

このままずっと、ちぢまらないのかな……。

しばらくしたら、見おぼえのある道に出た。ずいぶん先の方だけど、小さく校門が見える。行き先は学校だったんだ！

校門を通過《つうか》した高崎さんを追って、あたしも坂道を上がっていく。

校庭につくと、高崎さんは腰《こし》に手をあてながら歩いていた。

高崎さんの後ろを歩きながら、流れる汗《あせ》を両腕《りょううで》でぬぐう。

そして、ふと思ったんだ。

高崎さんは、休みの日も走ってるんだなって……。

「あーっ！」

突然《とつぜん》さけんだあたしを、高崎さんがけげんそうな顔で見た。

「今日《きょう》こそ、となりで走ろうと思ったのに！」

あたしは両手を広げて深呼吸《しんこきゅう》した。

「高崎さんは強いな」

何があっても練習はする。すぐやる気をなくすあたしとは大ちがいだ。

「……あんたは、打たれ強い」

高崎さんはつぶやくようにいうと、その場でストレッチをはじめた。

「えっ、あたし？　どこが？」

高崎《たかさき》さんの横でストレッチをする。腰《こし》をまわしたら、ちょうど体育倉庫が見えた。あっ、扉《とびら》が開いてる！

あたしは体育倉庫にダッシュすると、ボールをかかえてもどった。

「今から、シュート練習するんでしょ？」

高崎さんは「するけど」といって、ボール入れからボールを出した。

さっそくあたしも、ゴールにむかってボールをかまえる。

ジャンプしながら、胸《むね》もとに力をタメる感じで……。よしっ、今だ！

手をはなれたボールが、リングにあたってポーンとはねた。すぐに取りにいって、またシュートする。今度は入ったけど、どっかがちがう。

「何で、またやる気になったの」

しばらくして、高崎さんが聞いてきた。

「あきらめたら終わりなんだって。昨日《きのう》ジャンプ練習してて思ったんだ」

高崎さんが「ふんっ」と鼻を鳴らしてあたしを見た。

「いっとくけど、わたしの考えは変わらないから」

「だよねぇ」

大して考えもせずに答えた。そしたら高崎さんが、不思議そうな顔であたしを見たんだ。

「え、何？」

「……いっしょにやろうとかって、いいに来たんじゃないの？」

「あー、うん。それもあるかなー」

高崎さんが眉間《みけん》にシワをよせた。

「……あんた、何でついて来たの？」

そういって、あたしの顔をまじまじと見る。

「ジャンプシュートが見たかったからだよ。ほら、ボール持ってたし」

「はぁ!?」

高崎さんがさけんだ。

「マジでそんな理由!?」

「えーっと、そうだけど？」

あたしがいったとたん、高崎《たかさき》さんがスッと下をむいた。

「……ハハッ」

あれ、高崎さん今、笑った⁉

「ジャンプシュート、ほんとうに好きなんだ……」

ひとりごとのようにつぶやいたと思ったら、高崎さんがパッと顔を上げた。

「ボールをはなすタイミングがちがう。ボールは、ジャンプのてっぺんではなす。あんたはジャンプの降《お》りぎわにはなしてるし」

そういってワンドリブルすると、その場からシュートした。でも、いつものシュートとぜんぜんちがう。ん？　もしやそのシュートって⁉

「あんたのマネ」

高崎さんがいった。

「うそっ、マジで？　すごくカッコ悪いんですけど！」

「そうだからしかたない」

高崎さんがすました顔でいう。ちぇっ。でも……。

「さっきの説明《せつめい》、おもしろかったな。〝ジャンプのてっぺん〟っていい方」

笑いながらそういうと、

「四年の時、コーチにそういわれたからだし」

高崎さんがムッとしながらいった。

「えっ。てことはもしかして、四年からジャンプシュートできたの⁉」

「できたけど」

当然って感じで高崎さんがこたえる。

「あーあ。あたしがロケット花火になれるのは、いつなんだ……」

「はじめて会った時もいってたけど、ロケット花火って何」

ボールを見ながらつぶやいたら、高崎さんがすぐに聞いてきた。

うわっ。あの時のこと、おぼえててくれたんだ！

「ほら、高崎さん、ジャンプシュートする時スッてまっすぐ上がるでしょ。その感じがロケット花火みたいだなって。なんか、見てて気持ちいいんだよ」

「気持ちいいね……」

高崎《たかさき》さんはボールを地面に置くと、あたしの腕《うで》をつかんだ。腕を持ったまま、どんどんゴールからはなれて行く。え、何?

突然《とつぜん》立ち止まったと思ったら、後ろ歩きであたしからはなれてむかいあわせに立った。高崎さんがこっちを見ながら、両手をパンパンッとならす。この距離《きょり》にそのポーズ、もしかしてパスしろってこと?

あたしがパスをすると、ボールをキャチした高崎さんが、

「パスしながらゴール前まで行くから」

といった。そしてあたしにパスをかえしてきた。

え、そんな前!?

「走れっ」

高崎さんの言葉どおり、ボールめざしてダッシュする。そしたら、ちゃんと走りながらキャッチできた。しかも走るスピードを落とさずに。

また高崎さんが、パンパンッと手をたたく。

あたしは足の速い高崎さんにあわせて、前の方へパスを出した。高崎さんのスピード

がグンと上がる。ボールは高崎さんの両手にすっぽりとおさまった。

「ナイスパスッ」

高崎さんがさけんだと思ったら、またパスがきた。よしっ。

あたしは少し先に見えるボールをめざして走った。

のばした手におさまったボールは、ちゃんとつぎのパスが出しやすい位置に来ていた。

あたしはスピードに乗ったまま、高崎さんにパスをかえした。高崎さんの体がまたグイッと前に出る。

何このスピード感、すっごく気持ちいいんですけど！

まるでそう、ロケット花火になった気分！

突然高崎さんが、バウンドパスをしてきた。ボールをキャッチしたあたしに、高崎さんが「ジャンプシュート！」とさけんだ。

えっ、ここから⁉

いっしゅんそう思ったけど、いわれるままにシュートした。手からはなれたボールが、ゴールにむかって飛んでいく。

「入れっ！」

思わずさけんだ。でも、手からはなれたボールは、リングにあたって高くはねあがった。

そしたら高崎《たかさき》さんが、パッと走りこんでリバウンドを取ったんだ。そして、今度はもっと前にバウンドパスしてきた。

思いっきりダッシュしてボールをキャッチすると、そのままふみこんで飛びあがった。

ジャンプのてっぺん！

手からはなれたボールが、ネットをゆらしながら地面に落ちていく。

「うわーっ、見た？　決めたよ！」

あたしは何度も、その場で飛びあがった。

でも、それよりも何より！

「パスしながらゴールまで行くの、すっごく気持ちよかった！」

転がるボールを拾いながら、高崎さんが「当然」とつぶやいた。

そして、まっすぐあたしを見たまま、

「ミニバスの楽しさは、いいパスから生まれるチームプレーだから」

と、満足そうな顔でいったんだ。

「そっか……うん、すごくよくわかったよ！　あたし、これからパス練習もいっしょうけんめいするっ」

「ていうか、あんただけじゃなくて、うちのチームはパスがうまくまわってない。自主練するなら、そこを強化すべきだね」

えっ。いま、うちのチームっていったよね⁉

「あの子たちがやるかどうかは知らないけど」

プイッと高崎さんが横をむいた。

あの子たち……あ！

「大丈夫《だいじょうぶ》っ。そういうアドバイスなら、マコも白松《しらまつ》も絶対《ぜったい》聞くって！　ふたりでいっしょにマコたちに話しよう！」

「いっとくけど、朝練は絶対シュート練習しかしないから」

「うんうんっ、わかった。うわー、ありがとう！　やっぱり高崎さんは、あたしの目標の人だよ！」

気づいたら、高崎《たかさき》さんの手を思いっきり両手でにぎりしめていた。

「ちょっ、あんたよろこびすぎ！」

そういってあたしの手をふりはらう高崎《たかさき》さんの顔は、今まで見たことないくらい赤かった。くーっ、照れちゃって。

「あんたじゃないよ、あすかだって。あ・す・か。そうだ、この際《さい》あたしもレイって呼《よ》ぼうか？　あ、高崎ちゃんでもいいけど」

「あー、うるさい」

そういって、高崎さんが耳をふさぐ。

「名前で呼んでくれるまでさけぶからね。あーすーかーっ」

自分の名前を連呼《れんこ》してたら、いつのまにか高崎さんがボールをしまってて、そのまま正門の方へ走りだした。

「え、ちょっと待ってよーっ」

さけんだけど、高崎さんは返事をしてくれない。

ったく、マイペースなんだから！

あたしはボールを倉庫にしまうと、校門の方へ歩きだした。照りつける日ざしにふと顔を上げたら、雲ひとつない青空が広がっていた。

うわー、今日《きょう》も暑い一日になりそうだな。

はやく家に帰って……あ、自転車！　しなじゅんの家に取りにいかなきゃ。学校から歩いたらどのくらい時間かかるんだろう……あれ？

坂の下で、高崎《たかさき》さんが屈伸《くっしん》してる。あたしは坂をかけおりた。

「待っててくれたの？」

高崎さんはあたしを見ると、

「歩いて帰る気だったでしょ」

と、いった。うっ、バレてる。

「前にもいったけどね。走りこみは基本《きほん》だって」

「……はい」

あたしは高崎さんのとなりで、いっしょに屈伸をはじめた。

「それとさっきのジャンプシュート、まだまだだから」

「……やっぱり」

「ていうか、パスも全然だけど」

「……ですよね」

屈伸を終えた高崎さんが、スッと顔を上げた。

「行くよあすか！」

「はいっ、ん？」

高崎さんがサッと走りだした。

あっというまにひらく、高崎さんとあたしの距離《きょり》。

でも、この距離はちぢまるんだ。

そう思って走りつづければ、絶対《ぜったい》に。

あとがき

あきらめなければ願いはかなうって言葉、よく耳にしませんか？

それって本当かなって思いませんか？

実は本当なんです。わたしはこの「ジャンプ！　ジャンプ！　ジャンプ‼」を書きながら実感しました。

というのもこの物語、わたしが児童文学《じどうぶんがく》を書き始めて一番最初に書いた長編《ちょうへん》物語です。かれこれ十四年ほど前ですね。生まれた赤ちゃんが中学生になるくらいの年月が経《た》っています。

でも、この物語はすぐに本になることはありませんでした。当然です。そのころのわたしは、今よりもっと文章が書けなかったのですから。

それでもわたしは、あすか、レイ、マコ、白松《しらまつ》の四人がミニバスを通じて心を通わせていくこの物語を、ぜひみなさんに読んでもらいたかった。だから、しつこくしつこく書き直しました。何十回、いや確実《かくじつ》に百回以上は修正《しゅうせい》したと思います。

もう、この物語はあきらめた方がいいのかな。

正直そう思うこともありました。でも、その度にわたしは自分が書いた言葉にはげまされました。物語のラスト、主人公のあすかはこういいます。


あっというまにひらく、高崎《たかさき》さんとあたしの距離《きょり》。

でも、この距離はちぢまるんだ。

そう思って走りつづければ、絶対《ぜったい》に。

この言葉は、わたしにいつもチカラをくれました。そして、自分の書いた言葉をうそにしないためにも、この物語は必ず本にする、そう思わせてくれました（十年以上かかってしまいましたけどね）。

でも、ヒトってずっと一つのことを思いつづけてると、つかれちゃうことってありますよね。どうしてもうまくいかなくて、落ちこむことだって当然ある。そういう時は、休んでもいいのだとわたしは思います。おいしいものを食べたり、友だちとバカさわぎしたり、思いっきりグチをいったり。そんなふうに少しの間はなれてみる。

そして、ムクムクとパワーがわきあがってきたら、またもうひとふんばりする。願いをかなえるって、そんなことのくりかえしじゃないかって思うのです。この物語に出てくるあすかのようにね。

これから先、みなさんにあきらめたくない何かができた時、ふとそんなことを思い出してもらえたら幸せです。まさに作者冥利《みょうり》に尽《つ》きるってなもんです。わたしは心からそう思います。

そして最後になりましたが、この物語をあきらめずにいっしょにカタチにしてくれた編集者《へんしゅうしゃ》の安倍《あべ》さんと小桜《こざくら》さん、まさにイメージ通りの素敵なイラストを描《えが》いてくださったまたよしさん、本当にありがとうございました。

そしてそして、突然のお願いにもかかわらず、ミニバスケットボールの描写《びょうしゃ》部分を校正してくれた親友あっこと娘《むすめ》の美月《みづき》ちゃん、大変お世話になりました。

そしてそしてそして。一番最初にこの物語をほめてくれた後藤《ごとう》さん。空の上でぜひ読んでくださいね。まだまだだってダメ出しくらいそうで、ちとコワイですけど。

イノウエミホコ

二〇一八年九月

作・**イノウエミホコ**

愛知県生まれ。『学習塾グリーンドア　生徒が生徒を募集中!?』（ポプラ社）でデビュー。『オレらの友情てんこもり弁当』をはじめとする「男子☆弁当部」シリーズ（全5巻、ポプラ社）は、好きなことに熱中する子どもたちを生き生きと描き、多くのファンに愛されるロングセラーシリーズになっている。「季節風」同人。

絵・**またよし**

1982年生まれ。書籍の装画・さし絵のほか、さまざまな分野で活躍するイラストレーター。おもな作品に、『しずかな日々』（椰月美智子・作、講談社）、『チョコちゃん』『チョコちゃんときゅうしょく』（ともに、椰月美智子・作、そうえん社）などがあり、画集に『システムキッチンぱんつ―またよし画集』（1月と7月）がある。

ノベルズ・エクスプレス 43
ジャンプ！ ジャンプ！ ジャンプ!!

2018年10月 第1刷発行 2019年10月 第2刷

作 イノウエミホコ
絵 またよし

発行者 千葉 均
編 集 小桜浩子
装 丁 ランドリーグラフィックス
発行所 株式会社ポプラ社
〒102-8519 東京都千代田区麹町4-2-6 8・9F
電 話 03-5877-8108（編集）03-5877-8109（営業）
ホームページ www.poplar.co.jp
印刷・製本 中央精版印刷株式会社

ISBN978-4-591-15991-0 / N.D.C.913 / 182p / 19cm

P4056043

～ガッツとファイトとちょっぴり涙、アツいハートの物語～

イノウエミホコの本

「男子☆弁当部」シリーズ

絵◎東野さとる

クラスのイケメン男子三人が、
なぜか「弁当部」を結成！
おいしさたっぷり、友情てんこもりの全５巻。

ポプラ物語館（33）
男子☆弁当部
オレらの友情
てんこもり弁当

ポプラ物語館（35）
男子☆弁当部
弁当バトル！
野菜で勝負だ !!

ポプラ物語館（37）
男子☆弁当部
オレらの初恋 !?
ロールサンド弁当 !!

ポプラ物語館（39）
男子☆弁当部
オレらの青空
おむすび大作戦！

ポプラ物語館（59）
男子☆弁当部
あけてびっくり！
オレらの
おせち大作戦！

ポプラ物語館（20）
学習塾グリーンドア
生徒が生徒を募集中 !?
絵◎東野さとる

現在生徒はたったの３人。
超マイペースな個人塾、グリーンドア。
このままじゃつぶれちゃう !?